Dorothee Schlaich-Laiblin
Die Wunderschale

\

Dorothee Schlaich-Laiblin

Die Wunderschale

Märchen, Fabeln, Erinnerungen

edition fischer

Bibliografische Information der Deutschen Nationalbibliothek
Die Deutsche Nationalbibliothek verzeichnet diese Publikation in
der Deutschen Nationalbibliografie; detaillierte bibliografische
Daten sind im Internet über http://dnb.d-nb.de abrufbar.

© 2013 by edition fischer GmbH
Orber Str. 30, D-60386 Frankfurt/Main
Alle Rechte vorbehalten
Titelbild: javarman www.fotolia.de
Schriftart: Palatino 12°
Herstellung: efc/bf
ISBN 978-3-89950-749-2

Inhalt

Die Wunderschale

(Parabel)

Ein Königssohn bekam bei seiner Geburt ein seltsames Geschenk: Eine Fee legte ihm eine wunderschöne geschlossene Schale in die Wiege und sagte: »Wenn der Mann, der aus diesem Kind wird, Sinn und Ziel seines Lebens gefunden hat, wird sich die Schale von selbst öffnen und ihr Geheimnis zeigen.« Die Fee verschwand und die Mutter des Kindes bewahrte Schale und Spruch auf und an seinem 21. Geburtstag erhielt er beides aus ihren Händen.

Zunächst zog sich der Königssohn in den letzten Winkel des Schlosses zurück und dachte angestrengt über Sinn und Ziel seines Lebens nach. Schließlich wurde ihm klar, dass dem Denken jetzt die Tat folgen muss. Es erschien ihm sinnvoll, sein Leben für die Gerechtigkeit auf der Welt einzusetzen. So machte er sich auf und zog von Land zu Land, fand überall nur Ungerechtigkeit, kämpfte leidenschaftlich mit Wort und Tat dagegen und erkannte schließlich, dass all seine vermeintliche Gerechtigkeit nur neue Ungerechtigkeit schaffte. Auch die Schale, die er mit sich führte, blieb unterwegs verschlossen.

Wiederum zog er sich in die Einsamkeit zurück und suchte nach neuen Werten. »Wahrheit« und »Freiheit« schrieb er nun auf sein Banner. Wo er der Knechtschaft und Unterdrückung begegnete – und er begegnete ihnen überall –, öffnete er den Menschen die Augen und die Ohren, zeigte ihnen ihre Lage und Schwäche und scheute kein Mittel, sie in die Freiheit zu führen.

Doch eines Tages sah er mit Entsetzen, dass die Menschen, die durch ihn frei und kritisch geworden waren, mit ihrer Freiheit andere knechteten, mit ihrer Wahrheit andere belogen. Wiederum brach eine Welt für ihn zusammen, wiederum genügte ein Blick auf die Wunderschale und er wusste, dass er wieder in die Irre gegangen war.

Über diesen Bemühungen waren Jahre und Jahrzehnte vergangen. Er war ein alter Mann geworden. Nun sah er, dass er wohl das Öffnen der Schale nicht mehr erleben würde. Traurig zog er sich mit seiner Schale in ein kleines Häuschen am Stadtrand zurück. Zurückgezogen lebte er hier, einsam, selbst seiner Träume beraubt.

Eines Tages klopfte jemand an seine Tür; es war ein Kind, das Angst hatte, weil seine Mutter nicht da war. Nach einem ›Geschichtentag‹, den es beim weit gereisten alten Menschen zugebracht hatte, kam es öfter und brachte noch mehr Kinder mit, die jedes mal herrliche

Stunden in der Hütte des einstigen Königssohnes erlebten. Bald kamen auch die Mütter auf den Gedan-
ken, den stillen Alten um kleine Gefälligkeiten zu
bitten, und auch die Väter hörten gerne den Bericht
eines zwar offensichtlich verfehlten, aber interessan-
ten Lebens. Es sprach sich immer mehr herum, dass
hier ein Mensch war, der erzählen, zuhören, raten und
helfen konnte. Mit der Zeit war der Alte von morgens
bis spät in die Nacht auf den Beinen.

Es waren nur viele kleine und kleinste Taten, die er
nun vollbrachte, jedoch gewann er mehr und mehr
Freunde. Er war sich dessen kaum bewusst, sonst
hätte er vielleicht beobachtet, dass der Deckel seiner
Wunderdose ganz sachte begann, sich nach oben zu
schieben. Eines Morgens jedoch fühlte er sich so matt,
dass er nicht aufstehen konnte. Einsam lag er da und
wartete auf den Tod, traurig darüber, dass er Sinn und
Ziel seines Lebens nicht gefunden hatte. Die Schale
stand auf dem Tisch seines Zimmers. Er wollte sie
sehen, doch da fielen ihm die Augen zu.

Bevor der Tag halb vorüber war, hatte es sich herumgesprochen, dass mit dem Alten etwas nicht stimmen
könne. Niemand hatte ihn gesehen, jeder hatte ihn
vermisst und so begann am Nachmittag eine Völ-
kerwanderung zu der kleinen Hütte. Still und ruhig
stand Groß und Klein um den sterbenden Alten, der
ihnen die letzte Geschichte seines Lebens, die von der

Wunderschale, erzählte. Als er zum Ende kam, sagte plötzlich ein Kind: »Die Schale – sie ist offen.« Der Alte hatte nur noch diese Worte gehört; ein Freudenstrahl blitzte noch einmal in seinen Augen auf, dann schlossen sie sich für immer.

Die Männer und Frauen weinten um ihn, die Kinder aber wollten nach einer kurzen Stille wissen, was in der Schale war. Sie fanden ein kleines Elfenbeintäfelchen, in das der folgende Spruch eingeritzt war:

Gerechtigkeit, Freiheit und Wahrheit such nur bei Gott.
Du selbst kannst sie auf Erden weder finden noch schenken.
Die Liebe aber gab Gott den Menschen; finde, schenke *sie*
und du hast Sinn und Ziel deines Lebens erreicht.

Zwei kleine Teufelchen

(Märchen)

Es waren einmal zwei kleine Teufelchen, nicht besonders schlecht, aber eben auch nicht gerade gut. Sie steckten täglich beisammen, spielten oder heckten Streiche aus und galten in der ganzen Hölle als unzertrennlich.

Eines Tages, als der Oberteufel Luzifer zu Gottvater in den Himmel gerufen wurde, flogen die beiden unzertrennlichen Teufelchen mit. Sie wussten nicht, wo der Himmel war, aber sie hofften, es bei diesem Ausflug zu erfahren. Sankt Petrus stand an der Pforte, und als Luzifer seinen Ausweis vorgezeigt hatte, wurde er eingelassen, während die beiden Kleinen nicht hineindurften. Wie nun das große Tor aufging, guckten sie beide schnell hinein und sahen all die Herrlichkeit, von der sie bisher nicht einmal gewusst hatten. Dann schnappte die Türe wieder ins Schloss und sie mussten zurück in die Hölle.

Von diesem Tag an hatten die beiden Teufelchen eine unheimlich große Sehnsucht, auch in den Himmel zu kommen, und Tag und Nacht redeten sie von nichts anderem mehr. Immer wieder versuchten sie sich einzuschmuggeln, so groß war ihr Wunsch, dort zu sein, wo alles herrlich, gut und schön war; aber Petrus trieb sie immer wieder hinunter in die Hölle.

Da geschah es eines Tages, dass in der Hölle hoher Besuch angesagt wurde: Der liebe Gott wollte selbst zur Inspektion kommen. Während nun große und kleine, männliche und weibliche Teufel arbeiteten und putzten, damit alles in Ordnung wäre, wenn der Herr kommen würde, hatten sich unsere beiden Unzertrennlichen in den hintersten Winkel verkrochen und waren ganz außer sich vor Aufregung, denn sie hatten erkannt, dass es die einzige Gelegenheit für sie war, in den Himmel zu kommen.

Deshalb beschlossen sie, den lieben Gott persönlich zu bitten, sie mitzunehmen. Die Ungeheuerlichkeit ihres Wunsches war ihnen wohl bewusst, aber die Sehnsucht in ihnen war so mächtig geworden, dass sie glaubten, nicht länger mehr in der Hölle leben zu können.

Der liebe Gott kam, sah sich alles an, fand alles in Ordnung und wollte eben, von Luzifer begleitet, wieder durch das Höllentor in die Atmosphäre treten, als plötzlich die beiden Kleinen vor ihm standen und zusammen, wie wenn sie es stundenlang geübt hätten, ihren Wunsch vortrugen. Luzifer erschrak nicht wenig und auch Gottvater war zunächst völlig verwirrt, denn das war ihm noch nicht passiert, seitdem er die Welt geschaffen hatte. Aber nachdem er sich gefasst hatte, wollte er ihnen nicht alle Hoffnung zerstören und sagte: »Euer Wunsch ist zwar sehr außergewöhnlich und ich weiß nicht, ob ich ihn euch erfüllen kann; aber ich will es einmal mit meinem Sohn besprechen und sehen, was sich tun lässt.« Dann reichte er Luzifer zum Abschied die Hand und fuhr wieder auf in sein himmlisches Reich.

Lange Zeit erfuhren die beiden Kleinen nicht, was im Himmel über sie beschlossen worden war, und sie dachten schon, der liebe Gott habe sie vergessen. Sie wurden fast krank vor Sehnsucht und Heimweh und von den vielen Tränen, die sie weinten, wurden sie immer heller, sodass sie schon fast keine Teufelchen mehr waren.

Da geschah es eines Morgens, dass das eine Teufelchen seinen Gefährten lange Zeit suchte und nicht fand. Ein paar Tage fragte es jeden Teufel, ob er nicht seinen Spielgenossen gesehen hätte. Aber niemand wusste etwas von ihm und so dachte sich der kleine Teufel ganz traurig, dass sein Freund wohl in den Himmel gekommen wäre, während er dableiben müsste. Er war furchtbar niedergeschlagen darüber, aber ein bisschen hatte er doch die Hoffnung, dass das andere Teufelchen ihn auch bald holen würde.

So vergingen nach unserer Zeitrechnung fünf Jahre,

ohne dass der kleine Teufel jemals wieder etwas von seinem Gefährten hörte. Eines Nachmittags wurde er plötzlich zu Gottvater in den Himmel gerufen. Er war ganz aufgeregt vor Hoffnung, Sorge und Freude und stand schließlich zitternd vor dem lieben Gott. Der zog den kleinen Teufel zu sich heran, legte seinen Arm um dessen Schulter und sagte dann zu ihm: »Pass einmal auf. Du hast vor langer Zeit einmal den Wunsch geäußert, in den Himmel zu dürfen. Willst du das immer noch oder hast du es dir anders überlegt?« Vor lauter Aufregung brachte unser kleiner Teufel knapp ein »Ja!« heraus. Aber seine schwarzen Augen leuchteten und sagten mehr über seine Gefühle aus, als alle Worte es vermocht hätten. Da fuhr der liebe Gott fort und erklärte ihm, seine Bitte könne zwar nicht unmittelbar erfüllt werden, aber es sollte ihm eine Gelegenheit gegeben werden, auf einem Umweg in den Himmel zu gelangen. »Ich werde dich jetzt auf die Erde schicken. Du wirst ein kleines Menschenkind werden, wie dein kleiner Spielgefährte vor etlicher Zeit auch. Du wirst vor viele Entscheidungen gestellt werden wie alle Menschen, ob du wieder zurück in die Hölle willst oder ob du für immer bei mir und in meiner Herrlichkeit leben willst.«

Kaum hatte Gottvater ausgesprochen, als unser kleiner Teufel schon einschlief und erst lange Zeit später wieder erwachte, nämlich als das Menschenkind, in das er hinein geboren worden war (es war übrigens ein Mädchen und hieß Anne-Kathrin) und das schon etliche Zeit auf der Erde lebte. Er sah sich zunächst einmal all die Geister an, die in der Seele dieses Menschenkindes lebten. Da waren die ganz kleinen: der Eigensinn, der Trotz, der Hass und wie sie alle hießen. Aber da waren auch noch die anderen: die Treue, das Gewissen und die Liebe. Und dann war vor allem er selbst da, er selbst, der ganz vergessen hatte, warum er auf die Erde gekommen war.

Während nun das Menschenkind Jahr für Jahr größer und älter wurde, versuchte das Teufelchen immer wieder einen der Geister in seiner Umgebung auf seine Seite zu ziehen; bei manchen gelang es ihm leicht, während andere immer wieder gegen ihn waren. Am schlimmsten war es mit der Liebe. Die wusste nie, ob sie sich mit dem Gewissen und mit dem Guten verbünden sollte oder mit ihm, dem kleinen Teufel, der so unheimlich interessant und vielseitig war. So pendelte sie ständig zwischen den beiden Parteien hin und her und je nachdem, für wen sie sich gerade entschieden hatte, war die Liebe des Menschenkindes gut oder böse, göttlich oder teuflisch.

Was aber war inzwischen aus dem anderen kleinen Teufel geworden? Auch er steckte in einem Menschenkind und auch er hatte vergessen, dass er in den Himmel wollte. Er machte es genau wie sein einstiger

Freund und versuchte, all die guten und schlechten Geisterchen der Menschen um sich zu scharen.

Da geschah es eines Tages, dass die beiden Menschenkinder, die jedes solch ein Teufelchen in sich hatten, einander begegneten und sich lieb gewannen. Sie wussten von dem Kampf, der täglich in ihren Herzen ausgefochten wurde, und weil sie wussten, wie leicht dabei die kleinen Teufel den Sieg davontrugen, gingen sie eines Tages in eine Kirche, um dem lieben Gott zu sagen, wie schwer es doch sei, in den Himmel zu kommen. Während sie so still dasaßen und mit dem lieben Gott redeten, hatten die beiden kleinen Teufel einen schweren Stand, denn auf einmal waren alle Geister im Herzen der beiden Menschenkinder auf der Seite des Gewissens und sie standen ganz allein mit ihren bösen Absichten.

»Lieber himmlischer Vater, bring uns doch trotz aller unsrer Schlechtigkeit und mit all den kleinen Teufelchen in uns, in Dein Reich!«, so beteten die Menschenkinder und plötzlich fiel den Teufelchen wieder ein, weshalb sie eigentlich in diesen Menschenherzen waren.

Wie ein Seufzer kam es nun aus den beiden Höllenfreunden: »Ach ja, lieber Gott, lass auch uns mit ein ins Paradies und gib, dass wir nicht vergessen, wie schön es bei Dir ist!«

Als die Teufelchen so beteten, da war auf einmal ein

tiefer Friede in den beiden Menschenherzen und eines sagte zum anderen: »Lass uns immer danach trachten, dass eines das andere mit sich in den Himmel bringt.« Und die beiden kleinen Teufel ließen die Menschenkinder nicht mehr los, denn sie wussten ja immer, dass die beiden auch in den Himmel wollten und sie also einfach mit ihnen zu gehen brauchten.

Fünfundzwanzig

(Märchen, 7.7.1954)

Unter den himmlischen Schulkindern herrschte große Aufregung. denn heute wollte der liebe Gott selbst zur Prüfung kommen. Alle Englein hatten feste gelernt, denn sie wussten, dass der liebe Gott auch streng sein konnte und schon manches Mal musste ein Englein wieder auf die Erde zurück, weil es noch nicht genug gelernt hatte während seines Lebens. Sie zitterten alle vor Angst und Erwartung trippelnd vor dem großen Schultor. Nur eines machte eine Ausnahme. Es war ein kleines, aufgewecktes, lustiges Ding, das noch nie jemand ängstlich oder weinend gesehen hatte.

Auch heute war es fröhlich und guter Dinge, denn es war klug und hatte keine Sorge wegen der Prüfung. Plötzlich wurde es ganz still auf dem Schulhof, denn die Tür hatte sich aufgetan und der liebe Gott trat unter die Engelskinder. Er sagte ihnen zunächst, sie sollten keine Furcht haben, denn sie hätten viel Zeit, um alle Fragen zu beantworten, und außerdem seien es ganz leichte Fragen. Dann wurden sie in einen großen Raum geführt und nun fing die Prüfung an. Jedes Kind wurde aufgerufen und musste eine Frage beantworten. Sie waren wirklich leicht und der liebe Gott hatte auch große Geduld, sodass sich bald keines der Engelkinder mehr fürchtete.

Unser kleines Englein Immerfroh wurde schon ganz ungeduldig, weil es so lange nicht dran kam. Aber da hörte es seinen Namen. Es stand auf und schon wieder kitzelte ihn der Schalk im Nacken, sodass es laut auflachte. Dem lieben Gott machte das Spaß und er sagte deshalb zu ihm: »Weißt du, was die Zahl 25 bedeutet?« Sofort antwortete das Englein: »Es ist die Zahl der reinen und vollkommenen Freude.« »Schön«, sagte der liebe Gott. »Und nun zähl uns mal die 25 Eigenschaften auf, die zu der himmlischen Freude gehören.« Das Englein hatte sie gut gelernt und fing gleich an: »Glaube, Hoffnung, Liebe, Friede, Ruhe, Geduld …« und kam so bis zur 24. Eigenschaft der Freude. Aber die 25. Eigenschaft wollte ihm einfach nicht mehr einfallen. Der liebe Gott sagte zu ihm: »Vielleicht fällt sie dir ein, wenn du noch mal anfängst.« So begann es wieder, dies mal in einer anderen Reihenfolge: »Dankbarkeit, Güte, Hilfsbereitschaft, Demut, Reinheit, Herzlichkeit usw.« Jedoch wieder war bei 24 Schluss. Was war bloß die 25. Eigenschaft?, fragte sich das Englein; aber sie fiel ihm einfach nicht wieder ein.

»Vielleicht weißt du es nachher«, sagte der liebe Gott und rief nun das nächste Englein auf.

Immerfroh setzte sich wieder auf seinen Platz und während die anderen eins nach dem andern aufgerufen wurden und ihre Fragen beantworteten, saß es da und fing immer wieder von vorne an, die 25 Eigenschaften aufzuzählen, die zur vollkommenen Freude gehören. Aber jedes Mal waren es nur 24. Schließlich waren alle Englein dran gekommen und der liebe Gott fragte Immerfroh, ob es seine Frage nun beantworten könne. »Ich weiß es nicht«, sagte das Englein, »aber ich will es noch mal versuchen.« Und wieder fing es an, ganz kunterbunt durcheinander, die Eigenschaften aufzuzählen: »Kindlichkeit, Kraft, Einfalt, Schönheit, Zufriedenheit usw.« Doch wieder waren es nur 24. Da weinte das Englein, denn es wusste, dass es jetzt aus dem Himmel fort musste. Und schon sagte auch der liebe Gott: »Liebes Kind, du musst nicht weinen, denn ich weiß, dass du brav gelernt hast. Aber du musst jetzt hinunter auf die Erde zu den Menschenkindern und musst so lange bei ihnen bleiben, bis du weißt, was die 25. Eigenschaft und die Wichtigste der himmlischen Freuden ist. Du brauchst keine Angst zu haben, denn die Menschen werden gut zu dir sein. Aber suche immer Menschen, die die Freude kennen, und versuche dann herauszufinden, woraus sich ihre Freude zusammensetzt. Wenn du dann alle Eigenschaften gefunden hast, dann komm und klopf an die Tür, und wir werden dir aufmachen und du wirst wieder bei uns sein.«

Nach diesen Worten kam ein alter Engel und nahm das Kindlein bei der Hand, löste ihm mit unendlich zarten Händen die Flügel von der Schulter ab und flog dann mit ihm hinab zur Erde. Er setzte es an einer der großen Straßen ab, gab ihm noch einen Kuss, drückte es noch einmal an sich und flog dann wieder fort.

Unser Englein, das nun aussah wie ein Menschenkind, ging die Straße entlang, bis es zu einem großen, schönen Haus kam. Die Frau, die im Vorgarten des Hauses ihre Blumen pflegte, fragte das Kind, wohin es denn wolle. »Ich suche Menschen, die die Freude kennen«, sagte das Englein. »Dann komm nur zu uns«, sagte die Frau, denn sie und ihr Mann hätten keine eigenen Kinder und Freude könne das Kind bei ihnen schon finden. So blieb das Englein bei den Leuten, die alles in Hülle und Fülle hatten: ein schönes Haus, einen riesigen Garten, Pferde, Diener, Auto, sogar einen Tennisplatz und ein Schwimmbad. Täglich kamen Besuche und es gab dauernd einen Anlass zum Feste feiern.

So lebte das Kindlein tagaus tagein, aber mehr und mehr merkte es, dass die Freude hier nicht die Richtige war. Die Menschen freuten sich zwar, aber es war eine andere Freude, nicht die reine und die vollkommene, denn von den 25 Eigenschaften, die dazugehören, waren höchstens zehn vorhanden. Als das Englein das eingesehen hatte, machte es sich eines Tages auf, um wegzulaufen und zu suchen, ob nicht bei anderen Menschen die reine Freude zu finden sei.

Nachdem es einen ganzen Tag gegangen war und der Mond sich schon anschickte, sein Lämpchen anzuzünden, kam es in eine große Stadt. Es ging ganz allein die erleuchteten Straßen entlang und kam schließlich an ein Haus, in dem nur noch ein Licht brannte. Es guckte zum Fenster hinein und sah eine Frau sitzen, die gerade ein großes Loch in einem Kinderstrumpf stopfte. Ganz zaghaft klopfte das Englein ans Fenster, aber erst beim zweiten Mal stand die Frau auf und schaute, wer da noch so spät klopfte. Sie sah das Kind stehen und fragte, was es wolle. »Ich suche Menschen, die die Freude kennen«, sagte das Mädchen. »Nun«, antwortete die Frau, »ich habe zwar schon sechs Kinder, aber wo sechse satt werden, kann auch ein siebtes noch essen und Freude gibt's immer bei uns.« Dann kam sie heraus und nahm das Englein bei der Hand, gab ihm etwas zu essen und steckte es dann ins Bett. Am anderen Tag, als es aufwachte, standen bereits die sechs Kinder um sein Bett herum und freuten sich über den neuen Spielgefährten. Schnell stand das Englein auf und dann begann ein fröhlicher Tag, und ihm folgten noch viele andere. Sie spielten, stritten und freuten sich und die Zeit verging im Fluge.

Nach einiger Zeit aber merkte das Englein, dass sich

die Mutter nie mit freute, und auch die Freude der Kinder war nicht die Vollkommene, die es suchte. Es wurde immer einsamer, denn es konnte sich nicht mit den anderen Kindern mit freuen, weil es wusste, dass bei ihrer Freude etwas fehlte. »Was ist es nur?«, dachte das Englein. »Es muss gerade die Freude sein, die ich nicht kenne und die die Kinder mir nicht sagen können.« Als es das erkannt hatte, konnte es auch nicht mehr länger in der Familie bleiben und eines Tages nahm es Abschied von ihnen. »Ich muss gehen, denn ich muss Menschen suchen, die etwas von der himmlischen Freude wissen«, sagte es beim Abschied und dann ging es.

Wieder wanderte es einen ganzen Tag und abends kam es an eine lange, niedere Baracke. Schon von Weitem hörte es, wie die Leute miteinander stritten, und wollte schon weitergehen, als plötzlich ein altes Mütterchen daherkam. Es hatte strahlend blaue Augen, viele Runzeln im Gesicht und ganz zerarbeitete Hände. Als das Mütterchen das Englein sah, stellte es seine Tasche ab und fragte, ob das Englein nicht bei ihm übernachten wolle. Da merkte das Englein, dass es sehr müde war, und sagte Ja. Sie gingen nun in die Baracke hinein, in das Stübchen der alten Frau. Es stand nicht viel drin: ein Bett, zwei Stühle und ein Schrank. An der Wand hing ein großes Kreuz, aber das war der einzige Schmuck, den das Zimmer hatte. Das

Mütterchen kochte schnell eine Suppe, und nachdem sie gebetet hatten, aßen die beiden und gingen dann zu Bett. Am andern Morgen fragte das Mütterchen das Englein, ob es nicht immer bei ihm bleiben wolle und, da die Alte so lieb war, sagte das Englein Ja. So blieb das Englein bei dem alten Mütterlein, arbeitete, aß und stets war irgendetwas da, worüber sich die beiden freuten.

Nach einiger Zeit merkte das Englein, dass das Mütterchen ein Mensch war, der die reine und vollkommene Freude kannte, und eines Abends fragte es: »Warum, Mütterchen, freust du dich eigentlich immer?« Da erzählte das Mütterchen dem Englein sein Leben. Es war ein langes, reiches Leben gewesen. Vier Kinder hatte die Frau gehabt, einen guten Mann und einen schönen Hof. Doch Gott hatte ihr alles genommen und nun war sie arm. »Aber trotzdem freust du dich?«, sagte das Englein. »Ja«, sagte das Mütterlein, »ich habe mich mein Lebtag über alles gefreut, und alles gelang mir, aber es war eine hohle Freude. Gott musste mir erst alles zerschlagen, bis ich begreifen konnte, was die wahre Freude ist.« »Aber was ist die wahre Freude?«, fragte das Englein, das jetzt wusste, dass der Moment bald kommen würde, an dem es in den Himmel zurück durfte.

»Die wahre Freude«, sagte das Mütterlein, »beginnt mitten in der Traurigkeit. Erst wenn wir Menschen ganz tief im Leid stecken und dann durch das Leid Gott sehen, dann wissen wir, was Freude ist.« Da stand das Englein auf, gab dem Mütterchen die Hand und sagte: »Nun muss ich gehen, denn nun weiß ich wieder, was mir bei der reinen und vollkommenen Freude fehlte!« Dann erzählte es dem Mütterlein seine ganze Geschichte, warum es auf der Erde war und dass es jetzt wieder in den Himmel ginge. Das Mütterlein wollte erst traurig sein, aber da sagte das Englein: »Sei nicht traurig, denn sicher wirst du bald auch in den Himmel kommen und dort sehen wir uns ja dann wieder.« Dann nahmen sie Abschied voneinander und das Englein pochte bald darauf an die himmlische Tür, wo der liebe Gott schon wartend stand. »Nun, weißt du jetzt die 25. Eigenschaft?«, fragte er und das Englein sagte: »Ja, es ist das Leid und ich weiß auch jetzt, dass das die Wichtigste von den 25 Eigenschaften ist, nur dass das die meisten Menschen nicht wissen wollen und können, denn sie wissen ja nicht, dass das Kreuz die größte, die vollkommene, die reine Freude ist.«

Die Pfeife

(Märchen[1])

Es war einmal ein Rosenstrauch. Er war klein und zierlich und wuchs mit vielen anderen Rosenbüschen in einem großen Garten. Eigentlich war gar nichts Besonderes an ihm, wenigstens konnte man es nicht sehen; aber tief in seinem Inneren, da war er doch anders als alle Rosen: Seine Blüten waren für ihn nicht nur Schmuck oder gar eine Befriedigung der Eitelkeit; nein, er hatte die Freude der Menschen, die er sehr liebte, daran gesehen und deshalb wollte er blühen. Daher wünschte er sich jedes Jahr sehr viele und schöne Blüten, und tatsächlich war jeder, der den Garten betrat, erstaunt über die wunderbaren Blüten, die mit ihrem Duft den ganzen Garten erfüllten. So ging das viele Jahre hindurch, und der Rosenstrauch wurde immer prächtiger und größer.

1 Dem pfeiferauchenden Vater zu seinem Geburtstag am 5. 12. 1954. Handschriftlich, 16 Seiten, fein gebunden, mit Titelseite und illustriert.

Eines Tages nun passierte es, dass ein junger Mann, der durch den Garten ging, bewundernd vor ihm stehen blieb und den herrlichen Duft der Rosen einsog. Plötzlich zog er ein Messer aus seiner Tasche und schnitt ein paar Blüten ab. Er hatte schon einen großen Strauß in der Hand, aber immer fand er noch eine Blume schöner als alle andern und schnitt immer weiter und auf einmal war keine einzige Rose mehr am Busch – alle hatte er im Arm. Dann ging er schnell weiter und freute sich, dass er ein so wunderbares Geschenk seiner Braut bringen konnte.

Der Rosenstrauch hatte furchtbare Schmerzen und war eine Zeit lang wie betäubt. Als er wieder zu sich kam, wurde ihm das ganze Unglück erst voll bewusst. »Ich glaube, ich muss sterben«, dachte er, »aber wenigstens habe ich mit meinem Tod einen Menschen erfreut.« Doch es sollte noch viel schlimmer kommen. Der Rosenstrauch starb zwar nicht, aber als es das nächste Mal Frühling wurde, da versuchte der Rosenstrauch wieder mit all seiner Kraft, den Saft in die Blüten zu treiben, aber seltsam, er trieb zwar viele Blätter, und die waren schön grün und saftig, aber Blüten wollten und wollten nicht erscheinen. Auch der Duft war der Alte, aber sein Hauptschmuck, die Rosen, fehlten in diesem Jahr. Und nicht nur in diesem Jahr geschah das, sondern auch im nächsten Frühjahr und Herbst, und im dritten wieder, jedes Jahr. Er wollte mit aller Gewalt blühen, aber nie wollte es gelingen. Nur sein Stamm wurde immer dicker, der Duft immer stärker und die Blätter immer schöner.

So lebte der Rosenstrauch viele Jahre hindurch. Er wurde immer trauriger, nicht, weil er sich nicht mehr schmücken konnte, sondern weil er niemandem mehr eine Freude machen konnte und im Grunde nicht begriff, warum er noch leben musste, war er doch für niemanden notwendig und der Erde, auf der er lebte und von der er seine Nahrung empfing, war er nur eine Last. Jedes Jahr hoffte er zwar von Neuem, dass das Wunder noch einmal einträte, und er herrlicher blühen könnte als je zuvor; aber im Herbst, wenn seine Blätter verwelkten und abfielen, dann war er nur noch trauriger als sonst, denn wieder war ein Jahr vorbeigegangen, ohne dass sein Leben einen Sinn bekommen hätte.

Da geschah es in einer kalten Novembernacht, als er still für sich seine Rosentränen weinte und sich wünschte, bald sterben zu dürfen, dass er plötzlich das Gefühl hatte, als legten sich zwei große Hände warm und unendlich beruhigend um ihn und schlossen ihn ein. Und dann sagte eine Stimme ganz leise und vertraut zu ihm: »Auch deine Tränen hab ich gezählt. Sei ruhig und werde wieder froh, denn du sollst noch einmal einem Menschen eine Freude sein.«

Als das Frühjahr kam, trieb der Rosenstrauch noch

mehr, noch klareren, noch duftenderen Saft in die Zweige, denn er erinnerte sich an die Novembernacht und glaubte, dass er nun wohl in diesem Jahr wieder blühen sollte. Doch siehe da – wieder ward seine Hoffnung getäuscht. Es erschienen die Blätter, der Stamm bekam einen weiteren Ring, aber die Blüten, auf die er sich so gefreut hatte, die konnten nicht kommen. Es war, als hielte sie eine mächtige Hand zurück. Fast wollte er schon glauben, er hätte alles, die Hände, die Stimme, die Verheißung nur geträumt. Aber dann wieder gab es Tage, an denen er sicher wusste, dass das alles Wirklichkeit gewesen war, und er wurde froh und wartete auf das Wunder.

Wieder vergingen viele Jahre. Der Rosenstrauch war allmählich alt geworden; aber so oft die Zweifel in ihm hochkommen wollten, ob er wirklich noch für jemand zur Freude bestimmt sei, hatte er doch noch ein Fünklein Hoffnung und konnte deshalb auch immer wieder froh werden. Jahr für Jahr trieb er seinen Saft in den Stamm, als ob er hunderte von Blüten zu speisen hätte. Noch einmal wurde es Frühjahr. Dann kam der Sommer und schließlich der Herbst. Die Blätter des Rosenstrauchs färbten sich erst dunkelgrün, dann rot, gelb und braun und lösten sich schließlich von den Zweigen. Eines Tages kam ein alter armer Mann und harkte die Wege frei von dem nassen und welken Laub. Er kam auch zu unserem Rosenstrauch und wollte eben zum nächsten Busch weitergehen, da war ihm plötzlich, als ob eine Welle von Rosenduft durch den Garten zöge. Er blickte auf und sah den herrlichen Strauch, der jetzt, von seinen Blättern befreit, sich nur durch seinen auffallend dicken Stamm von den anderen Rosen unterschied. Ganz erstaunt atmete der Mann den wunderbaren Duft ein und plötzlich leuchtete sein Gesicht auf: »Aus diesem schönen Holz ließe sich eine feine Pfeife schnitzen«, murmelte er vor sich hin, und fuhr dabei ganz leicht und vorsichtig den dornigen Stamm entlang. Dann nahm er seine Hacke wieder auf und arbeitete weiter. Der Rosenstrauch hatte die strahlenden Augen gesehen, das leichte Streicheln gespürt und zitternd war ihm der Gedanke gekommen, ob er vielleicht durch sein Sterben erst Freude machen sollte, als Pfeife für diesen armen Mann.

Während der Mann weiterharkte und nur von Zeit zu Zeit nach dem alten, knorrigen Strauch blickte, kam langsam und beobachtend ein anderer Mann den Gartenweg entlang. Es war der Besitzer des Gartens. Prüfend ging sein Blick über das Land und die Pflanzen und dabei fiel er auch auf unseren Rosenstrauch. »Na, da stehst du ja immer noch und hast seit Jahren keine Blüte mehr hervorgebracht. Aber dieses Jahr musst du für einen anderen Strauch Platz machen.« Als er das gesagt hatte, rief er den Tagelöhner zu sich und sagte ihm, er solle, wenn er fertig wäre, diesen

Stock abhauen und die Wurzel ausgraben. Verständnislos sah der Alte den Jüngeren an. »Aber er ist doch der schönste Strauch im ganzen Garten!« »Er war es. War es, bis ich ihm selbst all seinen Schmuck raubte. Aber das ist schon lange her. Also, schaff ihn weg!« »Er gäbe eine wunderschöne Pfeife«, sagte der Alte und wieder leuchteten seine Augen. »Ich schenke ihn euch. Macht damit, was Ihr wollt«, sagte der Jüngere und ging.

Als es Abend wurde, kam der Tagelöhner mit einer großen Axt auf den Rosenstrauch zu. Liebevoll strich er noch einmal über die Spitzen der Zweige, murmelte dann, vielleicht mehr zu sich selbst als zum Stock gewandt, vor sich hin: »Du wirst nicht umsonst gelebt haben, auch wenn es dir so erscheint«. Dann hieb er mit seiner Axt fest zu und schon senkte sich der Stamm und fiel. Der Mann schnitt nun behutsam, als ob noch Leben in ihnen wäre, die dünnen Zweige ab, bis er nur noch den Stamm vor sich hatte. Den nahm er auf und trug ihn heim.

Zu Hause setzte er sich nach dem Abendessen mit seinem Schnitzmesser auf die große Eckbank und fing an zu schnitzen. Bald darauf setzten sich seine Kinder und Enkelkinder um ihn herum und fragten ihn, was das denn werden solle, woran er schneide. »Dies gibt meine letzte Pfeife«, sagte der Alte und erzählte die Geschichte vom Rosenstrauch. Als er fertig war, lag

eine schöne, große, duftende Pfeife in seiner Hand und
seine Hände zitterten, als er sie zum ersten Mal ansteckte.
Aber seine Augen leuchteten und sein Herz war froh.

Gedicht
(1957)

Irgendwo am Himmel,
auf einer Wolke,
sitzt ein kleiner Engel und
zerschneidet die Zeit
in lauter kleine Schnitzel wie eine Zeitung.

Er zerschneidet das Glück,
er zerschneidet das Leid,
er zerschneidet deine und meine Zeit
wie eine Zeitung in lauter kleine Schnitzel.

Und manchmal denkst du, du hättest viel Zeit.
Doch was du hast, ist nur ein winziges Stückchen der Zeit,
ein kleines Schnitzel der Zeitung,
das der Engel dir auf kurze Zeit leiht.

Irgendwo am Himmel,
auf einer Wolke,
sitzt ein kleiner Engel und
zerschneidet die Zeit und die Ewigkeit
in lauter kleine Schnitzel – wie eine Zeitung.

Hotel zum guten Duft

(Erzählung[2], 1953)

Widmung

Was reif in diesen Zeilen steht,
was lächelnd winkt und sinnend fleht,
das soll kein Kind betrüben.
Die Einfalt hat es ausgesät,
die Schwermut hat hindurch geweht,
die Sehnsucht hat's getrieben.
Und ist das Feld einst abgemäht.
die Armut durch die Stoppeln geht,
sucht Ähren, die geblieben.
Sucht Liebe, die für sie untergeht,
sucht Liebe, die mit ihr aufersteht,
sucht Liebe, die kann lieben.
Und hat sie einsam und verschmäht
die Nacht durch dankend im Gebet

---

2 Zur Silberhochzeit der Eltern Pfarrer Gerhard Laiblin und seiner Frau Ruth Laiblin geb. Wohlfarth am 2. August 1953. In ein ledergebundenes Poesiealbum schön geschrieben und mit einem selbst gebastelten und gemalten Titelbild versehen.

die Körner aus gerieben,
liest sie, als früh der Hahn gekräht,
was Lieb erhielt, was Leid verweht,
ans Feldkreuz angeschrieben:
»O Stern und Blume, Geist und Kleid,
Lieb, Leid und Zeit und Ewigkeit.«

Clemens von Brentano

Neuenstadt

Am Brunnen vor dem Tore,
da steht ein Lindenbaum.

Volkslied

Ich hab keine großen Erinnerungen an »die Stadt der
1000-jährigen Linde«. Ich weiß nicht, wo die Linde
stand, vielleicht heute nach der Zerstörung noch steht.
Nur das Haus mit seinem dunklen Flur und mit seinen
vielen Zimmern, das Höfle, das mir damals so groß
vorkam, weil ich selbst noch so klein war, der Kindergarten, der nur durch ein Türchen vom Höfle getrennt
war, das mit scheuer Ehrfurcht zu betretende Dekanat
am Ende der Pfarrgasse, das Schloss mit Tante Lore
und Onkel Max, das etwas erhöht daliegende Bürg,
das Haus von Tante Bichler und vor allem das im Wald

verborgene und mich stets mit etwas unerklärlicher Furcht erfüllende Helmtürmchen sind mir noch heute im Gedächtnis. Und immer, wenn einer dieser Orte aus der Versunkenheit wieder herauf dämmert, dann liegt ein Glanz und Schimmer darüber, wie wenn immer nur die Sonne geschienen hätte.

Wenn wir im Haus waren, dann waren die Großmutter Wohlfarth oder Mutti oder Lydia oder Anna da oder wie die Mädchen jeweils hießen. Im Höfle und im Kindergarten war wohl immer meine Schwester Margret bei mir, denn ohne sie kann ich mir beides nicht denken. Die Erinnerung an Tante Lore ist immer mit Kaffee und Kuchen verbunden, und Tante Bichler gehörte schon fast zum täglichen Brot. Wie schön war es doch, mit Vati nach Bürg wandern zu dürfen, obwohl dafür fast immer die größere und stärkere Margret auserkoren wurde. Und wie angenehm gruselig war es auch, wenn man an Muttis oder Vatis Hand zum Helmtürmchen wanderte. Überall war eine Sicherheit und Geborgenheit, die jegliche Angst durchdrang und ihr den Stachel nahm. Ein behütetes Kinderland – das ist Neuenstadt für mich.

Das Erste, an das ich mich deutlich erinnere, ist Wörishofen (Dorothee Schlaich-Laiblin litt jahrelang an Hilusdrüsen-Tb). Es war etwas Fremdes, Feindseliges, denn dort wurde mir all das genommen, das ich gewöhnt war. Mir wurde natürlich nicht bewusst, dass der erste Ausflug in die Fremde mir das Schöne unseres Elternhauses deutlich machte; aber in meinem Heimweh kam es ganz unbewusst zum Ausdruck. Die Verbindung mit zu Hause war in der Großmutter lebendig und aus dieser Zeit kann ich mich auch noch deutlich an sie erinnern.

Wie ganz anders war doch dort der Wald! So dunkel, so zum Fürchten, denn hier fehlte die warme Hand von Vati, oder die etwas kühle, aber kräftige von Mutti. Abends kam keine Mutti zum Gutenachtkuss, sondern eine Schwester, vor der ich mich immer ängstigte, kam zum Beten. Selbst Margret war ganz anders. Sie entdeckte täglich etwas Neues, fand Freundinnen und fühlte sich eigentlich auch dort recht wohl. Sie fand es interessant, sich zu bekreuzigen und vom Fegefeuer zu hören, das Ave Maria zu beten und katholische Lieder zu singen. Mir kam das alles nur fremd vor und ich sehnte mich nach Mutti und Vati, nach dem Höfle und allem, was zum Daheim gehörte. Trotzdem kann ich mich nicht mehr an die Ankunft in Neuenstadt erinnern, nur daran, dass wir irgendwo den Zug verpassten und ich schreckliche Angst hatte, wir kämen nun nie mehr heim.

Doch kamen wir auf alle Fälle heim, denn kurze Zeit darauf musste ich bereits wieder weg. Ausgerechnet ich, die es nirgends als zu Hause aushielt, musste ganz allein sechs Wochen lang nach Königsfeld (in ein Tb-

Sanatorium für Kinder). Ich weiß nicht, ob ich je im Leben größeren Kummer hatte und bitterere Tränen weinte als dort. Denn hier fehlten ja auch noch die Oma und Margret. Hier fehlte die Sonne, die in Neuenstadt über allem lag, und auch in der Erinnerung erscheint mir Königsfeld immer in Dunkel getaucht. Als Mutti mich dann endlich holte, da fuhren wir nicht mehr nach Neuenstadt, sondern in ein anderes Haus und Dorf: nach Rudersberg. Es war stockdunkle Nacht, als wir ankamen, und trotzdem war bei mir wieder Sonnenschein und Helle.

Kinderparadies Rudersberg

Du bist mein fernes Tal
verzaubert und versunken.
(Hermann Hesse)

Man kann schon mit einigem Recht vom Paradies reden, wenn man an Rudersberg denkt. Ein großes Haus mit einer tagsüber verlockenden Bühne, ein Holzstall mit allen möglichen Schlupfwinkeln und vor allem ein herrlicher weiter Garten mit Hecken zum Versteck- und Räuberspielen, Bäume zum Klettern, ein Hof, zum Länder- und Völkerball geschaffen, eine Laube für Regentage und nie Mangel an anderen Kindern. Das alles gehörte zum Pfarrhaus in Rudersberg. Auch der »Baum der Erkenntnis« fehlte nicht und fand seine Verkörperung im Rainettenbaum im Postgarten. Die »Sperrzone von Vatis Garten« machte das Paradies nur noch verlockender. Und über dem allem lag solch eine königliche Freiheit, für die es tatsächlich nur *einen* Vergleich gibt: das Paradies.

Wenn ich an die ersten Jahre in Rudersberg denke, dann sehe ich immer Maria vor uns, Maria Bohn, die treue Seele im alten Stil. Wenn wir nass, verfroren und vereist vom Schlittenfahren kamen: Maria stand in der Küche, zog uns die nassen Kleider vom Leib und rieb uns die Hände warm. Wenn wir vom Baden in der Wieslauf oder aus dem Kinderschüle (Kindergarten) oder aus dem Garten kamen: Maria stand immer bereit und gab uns das, was wir im Augenblick brauchten. Wenn wir irgendetwas angestellt hatten, was sicher oft der Fall war, zuerst gingen wir zur Maria. Und Maria hat uns manches liebe Mal unter ihr Protektorat genommen und ein gutes Wort für uns eingelegt. Aber die größte Freude bereitete sie uns Kindern zweifellos, als sie heiratete und uns alle zur Hochzeit einlud. Dass wir sie damit verloren, erkannten wir noch nicht, aber dass wir sie in weißen Kleidern »in die Kirche führen« durften, das haben wir ihr nie vergessen. Sie gehörte zum Vorkriegs-Rudersberg genauso wie die Hamburger.

Heute habe ich manchmal den Eindruck, als ob in Rudersberg das ganze Jahr eigentlich nur aus sechs Wochen bestanden hätte: den Sommerferien mit den Hamburgern. Monatelang vorher schon wurde gerüstet für die Invasion und Monate danach fand man noch Spuren des Besuchs. Die Bühne, der Holzstall, das Hüttele mussten gereinigt werden, damit wir Kinder an Regentagen untergebracht waren. Im Garten musste alles tiptop sein, um sechs Wochen lang Ruhe vor ihm zu haben. Die Betten mussten gerichtet, die Zimmer geputzt und der Essensplan gemacht sein – und dann waren wir bereit, die Flut der Besuche zu empfangen. Wie viele Ideen brachten die Hamburger doch jedes Jahr mit! Ein Zeltlager am Krebsbächle, ein Räuberlager in der Knackerleshecke, Wohnungen aus aufgeschichtetem Holz auf dem Boden, leer gegessene Mohnkapseln, Streifzüge durchs Dorf, aufscheuchen des Kinderschüles mittels eines Gartenschlauches von der Waschküche aus, Drachen steigen lassen und vor allem die vielen Proben für unsere Aufführungen: Das gehörte jetzt zur Tagesordnung. Nichts und niemand war sicher vor uns: weder der Frühapfelbaum noch die Haselnüsse, weder die Johannisbeeren noch die Gelberüben, weder der Keller noch die Bühne, weder das gehackte noch das ungehackte Holz, ja sogar Vatis Garten war in dieser Zeit gegen Übergriffe nicht gefeit. Schon morgens beim Haferflockenbrei wurden Pläne für den Tag geschmiedet und selten waren wir vor dem Mittagessen schon sichtbar. Obwohl in diesen Wochen auch der langweilige Mittagsschlaf wegfiel, reichten trotzdem meistens die Stunden bis zum Abendessen nicht aus, um all die Ideen zu verwirk-lichen, die in unseren Köpfen sprühten. Die sechs Wochen flogen jedes Mal herum und meistens hatten wir nur die Hälfte der Pläne ausgeführt und ans Auf-räumen war gar nicht zu denken.

Wenn wir dann hinterher durch Haus und Garten gin-gen, dann schien uns alles leer und öde, und bevor die Spuren des einen Sommerbesuches restlos beseitigt waren, dachte man schon mit Sehnsucht wieder ans nächste Jahr. Oft fand Mutti im Frühjahr, wenn der Schnee weg war, auf Bäumen, in Hecken und hinter den Johannisbeersträuchern halbverfaulte Decken und schimmelige Rundhölzer: die letzten Reste des Besuchs vom Vorjahr und die ersten Anzeichen dafür, dass es Zeit war, aufs Neue mit Rüsten anzufangen.

Wesses Geburt

Wir kommen alle aus der Ewigkeit
Und wachsen langsam in die Zeit;
Wir kommen alle aus Gottes Hand
Und gehen wieder in Gottes Land.
(Martin Damß)

Dann kam ein Tag, an den ich mich noch in aller Deutlichkeit erinnere. Anne-Kathrin und ich kamen aus dem Schüle (aus dem Kindergarten) zurück, Margret aus der Schule und auf unsere Frage: »Wo ist Mutti?« antwortete uns Maria: »Die Mutti ist krank.« Trotz dieser ernsten Auskunft machte sie kein trauriges Gesicht und über dem ganzen Haus lag solch eine gedämpfte Stimmung aus Erwartung und Sorge gemischt, dass wir augenblicklich davon angesteckt wurden.

Wir aßen zu Mittag; Tante Hanne war auch da, aber weder sie noch Vati kamen zum Essen. Wir Kinder unterhielten uns nur leise. Und Maria sprang alle Augenblicke in die Küche, wo dann auch jedes Mal Frau Fellmeth oder Tante Hanne war, und jedes Mal kam sie mit einem Lächeln zurück. Da plötzlich kam Vati ins kleine Esszimmer und verkündigte: »Kinder, ihr habt soo ein kleines Schwesterchen bekommen«, und dabei zeigte er uns mit den Händen, *wie* klein das

Schwesterchen wäre. Dass Muttis Krankheit damit zusammenhing, ahnten wir dunkel und wollten jetzt »zur Mutti!« Aber Maria versperrte uns den Weg und schickte uns wie immer ins Schüle. Nur eine ganz geringe Entschädigung für diesen Schmerz verschafften wir uns dadurch, dass wir jetzt im Schüle von dem großen Ereignis Meldung erstatteten.

Doch der Tag war noch nicht zu Ende und sollte noch manches Interessante bringen. Plötzlich tauchte Maria im Schüle auf, und nachdem sie eine Zeit lang mit Fräulein Klara geflüstert hatte, wurden wir für den Rest des Tages vom Kinderschüle befreit, um daheim Geburtstag zu feiern.

Es war für uns ein aufregender und eigentlich welterschütternder Augenblick, als wir das Mahagonizimmer betreten durften, ganz leise und auf Zehenspitzen, damit's Schwesterle nicht aufwachte. Und da lag es nun in seinem Korbwagen, wirklich arg klein und rot, mit seinen winzigen Händchen und seinen schwarzen Haaren. Tante Hanne stand dabei, Mutti lag froh und glücklich im Bett und Vati saß bei ihr. Wie hab ich Margret beneidet, als sie das kleine, zerbrechliche Baby sogar auf den Arm nehmen durfte, während Anne-Kathrin unterdessen im ganzen Zimmer herum schnüffelte und eifrig den Geburtstagstisch vom Sachwesterle suchte. Und dann kam noch eine Überraschung: Mutti gab jedem von uns ein Mosekörbchen mit einem Baby darin, ein Geschenk von Frau Langeneck in Neuenstadt. Am Deckel des Körbchens war alles befestigt, was wir auch auf dem Waschtisch vom Schwesterle sahen: ein Puderdöschen, eine Seife, ein Schoppele (eine Babyflasche), ein Spiegelchen, eine Tube Nivea und ein kleiner Waschfleck. Das war nun fast noch schöner als das Schwesterle, mit dem man ja doch noch nichts anfangen konnte. Schnell stürmten wir davon zur Frau Bürgermeister Scheiger und berichteten dort: »Denk no, Frau Bürgermeister, mir hen älle a Baby griagt – und d'Mutti au.«

Fast eine Ewigkeit kam es uns vor, bis das Schwesterle endlich getauft wurde. Dabei war uns die Taufe im Grunde gar nicht wichtig, wichtig war nur, dass unser Ansehen unter den Schüle-Kameraden eine erhebliche Aufwertung empfing, wenn wir in die Kirche führen durften, und sei es auch nur bei einer Taufe. Doch dann kam endlich der große Tag und es wurde ein gewaltiges Ereignis. Sämtliche Hamburger waren gekommen und fast genierten wir uns jetzt, in solch einem riesigen Taufzug mit zu laufen. Ich weiß, dass wir uns abends im Bett noch lange darüber unterhielten, wie blöd es doch ausgesehen habe, dass Onkel Walter vor dem Zug her marschiert war im weißen Talar und daß wir unsre Schürzen anbehalten mussten und überhaupt – dass *so* viele Menschen bei der Taufe gewesen wären. Erst als wir merkten, dass »den Leuten«

unser Taufzug, der einem Hochzeitszug alle Ehre gemacht hätte, gefallen hatte, waren wir wieder mit unserem Schicksal ausgesöhnt. Außerdem, und das war
wohl das Beste an der ganzen Taufe, waren ja auch die
Hamburger da – und dafür nahmen wir alles in Kauf.

Tirol

Da steig ich in stiller Stund
Auf den höchsten Berg in der Weite.
(Volkslied)

Die Rudersberger Zeit vor dem Krieg hat noch mit
zwei großen Erlebnissen, die im Grunde eigentlich nur
eines waren, aufzuwarten: den Ferien in Tirol, im Stubaital. Während der ersten Reise, die nur Margret und
ich mitmachen durften, waren Anne-Kathrin und Ruth
bei Bohns in Oberndorf. Erst im Jahr darauf wurde
auch Anne-Kathrin das große Glück zuteil, mit nach
Telfes fahren zu dürfen. Die Fahrt kommt mir noch
heute ewig lang vor, obwohl sich Vati und Mutti eifrig
bemühten, sie uns zu verkürzen. In München gab's
jedes Mal »Münchner Würstl« für alle, nur ich musste
zusehen, denn mir war ständig übel und die Gefahr
des Spuckens schwebte wie ein Damoklesschwert
über uns. Unterwegs zeichnete Vati in ein kleines Büch-
lein alle möglichen lustigen Dinge, von denen mir
»Wesse auf dem Thron« heute noch in Erinnerung ist.
Dann hatte er ein Geduldsspiel gekauft und schob nun
unermüdlich und von uns eifrig beraten: »Ohne Fleiß
kein Preis« oder die Zahlen eins bis fünfzehn. Ab und
zu spielten auch Mutti und Vati mit kleinen Karten

einen Binokl, während Margret und ich zum Fenster raussangen, bis schließlich gegen Abend Innsbruck erreicht war. Von dort ging's dann mit dem Bimmelbähnele durchs Stubaital bis Telfes. Wie enttäuscht war Anne-Kathrin, dass wir nicht im Hotel Serles, sondern im Armenhaus, bei Fräulein Volderauer, der Taubstummen, einem alten Mann und einem etwa zwölfjährigen Jungen wohnten! Margret und ich wussten ja schon Bescheid und kannten auch die Vorteile, die dieses Wohnen mit sich brachte; aber Kätter hat sich von diesem Schlag nur sehr langsam erholt.

Und dann kamen herrliche Wochen mit Bergtouren auf die Muttererbergebene und andere Almen, mit Wanderungen nach Fulpmes oder nach Mieders ins Freibad, die wir zusammen mit Tante Hilde und Tante Hede, die auch in Telfes waren, verbrachten. Deutlich kann ich mich auch noch an so manchen Nachmittag aus dem ersten Jahr erinnern, den ich mit Hans und Heide Öhler im Heuschober unseres Hauses verbrachte. Ab und zu kamen auch mal Onkel Fleck oder Pfarrer Wacker mit Frau und dann gab's einen geselligen Abend im Wohnzimmer des Armenhauses mit »Schlapp hat den Hut verloren« und anderen Spielen.

Oder welche Ängste standen wir drei Kinder auch aus, wenn die Eltern, nachdem sie uns auf einer tiefer gelegenen Alm abgesetzt hatten, noch auf den Gipfel irgendeines Berges stiegen und für unsere damaligen

Begriffe »ewig« ausblieben. Vor allem Margrets Fantasie kannte keine Grenzen, wenn es galt, uns in den kräftigsten Farben auszumalen, wie Vati und Mutti zerschmettert auf einer Tragbahre von Sennen daher gebracht wurden, bis wir schließlich alle drei dasaßen und schon gleich auf der Stelle unser Waisendasein beweinten. Trotz dieser furchtbaren Aussichten und Sorgen hatte Margret noch genügend Unternehmungslust und Interesse, zu beobachten, wie Ziegen gemolken wurden, nämlich von hinten und nicht wie Kühe von der Seite her.

Doch auch diese Wochen gingen vorüber und ich höre noch heute, wie Tante Hilde beim Abschied wehmütig zum Wagenfenster des Zuges hinaus sang: «Ich wäre ja so gerne noch geblieben; aber der Wagen, der rollt.»

Wir Kinder hatten ja nicht beobachtet, was sich inzwischen für ein Unwetter zusammengezogen hatte. Als wir heimkamen, hörten wir überall nur die beiden furchterregenden Worte:

Mobilmachung – Krieg.

Der Krieg

Jeder hat's gehabt,
Keiner hat's geschätzt,
Jeden hat der süße Quell gelabt,
O, wie klingt der Name Friede jetzt!
(Hermann Hesse)

So seltsam es klingen mag, aber tatsächlich merkten wir Kinder vom Krieg zunächst nicht viel. Vati wurde zwar gemustert und kehrte mit wunderschönen Rekrutenbändern heim. Nach ein paar in banger Erwartung verbrachten Tagen kam jedoch der Bescheid, dass er zunächst wegen seines Herzfehlers und seiner Farbenblindheit für kriegsuntauglich befunden worden sei. Viele Bekannte wurden in Uniformen gesteckt und waren plötzlich Soldaten. Auch dass unser Vikar eingezogen wurde, war eigentlich mehr interessant als aufregend. Mit welchem Jubel und kindlichem Patriotismus standen wir tagelang an der Straße, um die vorbeiziehende Reichswehr zu sehen und mit Blumen zu bewerfen! Und dann ging das Leben weiter wie immer, nur lag jetzt manchmal ein für uns Kinder unerklärlicher Schatten über dem Land, dem Dorf, ja sogar über dem Haus. Gespannt hörten wir täglich den Wehrmachtbericht, wurden oft angesteckt von dem Siegestaumel der ersten Wochen und Monate. Begeistert sangen wir bei jeder Meldung von einem versenkten Schiff das »Engellandlied« mit und nicht ganz begreiflich war uns die stets etwas besorgte und bedrückte Stimmung, mit der Vati und viele unserer Bekannten die Lageberichte hörten.

Doch dann kamen die ersten Meldungen von Gefallenen, von Niederlagen und Verlusten. Wir erlebten die ersten Gefallenengottesdienste und flochten an den ersten Kränzen für die Kirche mit. Der Garten wurde ganz auf Gemüse- und Nutzpflanzen ausgerichtet, die Lebensmittelmarken traten mehr und mehr in den Vordergrund.

Aber noch waren Fliegerangriffe und Bomben für uns sagenhafte Dinge. Die Hamburger kamen jedes Jahr, allerdings meist ohne Onkel Walter, und die Unbeschwertheit der Vorkriegsjahre ging immer mehr zurück. Trotzdem hatten unsere Tage und Feste noch eine gewaltige Leuchtkraft, und immer stärker erlebten wir es, was es bedeutete, jeden Tag gesund aufzuwachsen und sich noch freuen zu dürfen an den kleinen Dingen des Alltags. Und es gab trotz allem noch viele Dinge, über die wir uns freuen konnten. Da war die Schule mit all ihren Sorgen und Nöten, aber auch mit all ihrem Spaß, den vor allem Margret immer besonders aufzuspüren wusste. Das Zugfahren im Schulabteil, das Mithelfen im Heuet und in der Ernte, das Freibad in Steinenberg, das Schlittenfahren an der »viva gaut-scha« oder in der Hohlgasse: All das erfüllte nach wie vor unsere Tage und machte sie hell und uns froh. Oder auch die Kohlweißlingsabschüsse bei Sul, die Freundschaft mit dem Kläusle und Heini, die Luftschutzübungen während der Schulstunden, die Freund- und Feindschaften mit den Stuttgarter Evakuierten und was es sonst noch an Ungewöhnlichem gab nahmen uns ganz gefangen bis in die tiefsten Tiefen unseres Dasein hinein. Und immer war zu Hause der Ort, wo man alle Freuden abreagieren, alle Nöte auspacken konnte. Trotz der vielen Nöte, die Mutti damals sicher umtrieben, hatte sie doch immer ein offenes Ohr und manch guten Rat für uns.

Doch dann drang plötzlich auch in unser weltabgelegenes Paradies der Krieg ein. Zum ersten Mal spürten wir, wie groß auch für unser Familienleben die Gefahr war, als der erste große Angriff auf Hamburg erfolgte, gerade während die Hamburger bei uns waren. Drückend lastete das Nichtwissen, wie es um das Haus in der Feldbrunnenstraße bestellt war, auf uns allen. Und von da ab ging es dann eigentlich Schlag auf Schlag. Es kamen die Angriffe auf Stuttgart mit den vielen Ausgebombten, die nun auch zu uns kamen; vereinzelte Bomben auf Schorndorf, erneute Angriffe auf Stuttgart. Noch heute sehe ich den Widerschein des Brandes von Heilbronn am dunklen, friedlich mit Sternen besäten Nachthimmel. In der Schule war fast keine Stunde mehr ohne Alarm denkbar, nachts weckte einen das Geheul der Sirenen. Wie oft beobachteten wir vom Hof aus die feindlichen Geschwader, wie sie in unheimlicher Höhe ruhig wie harmlose Vögel dahin flogen – die Parade einer uns himmelweit überlegenen Macht. Gequält von Sorge lief man umher und lang horchte man abends am Radio, wo sie ihre teuflische Last abgeladen hatten. Nein, jetzt war der Krieg auch für uns eine schreckliche Wirklichkeit geworden. Immer mehr Bekannte wurden als vermisst oder gefallen gemeldet. Die Kränze in der Kirche hatten die Hundert schon erreicht und die Lebensmittel wurden von Monat zu Monat knapper.

Und dann kam der Schlussakt mit Steuernagels als Flüchtlingen, Meinels als Einquartierung, den Jaboangriffen auf die Bahnlinie und die größeren Orte in der Umgebung, dem Ausbleiben von Zügen und Post, der Einstellung von Schule und Unterricht und schließlich der Beschießung und Bombardierung von Rudersberg selbst. Das Wort Ordnung und Friede wurde zu einem irrationalen Begriff. Die feindlichen Truppen rückten immer näher, eine Stadt nach der anderen aus der Umgebung ergab sich kampflos, bis schließlich auch in Rudersberg der Krieg mit der Besetzung sein Ende fand. Tagelang fuhren jetzt in stolzer Haltung und mit fantastischer Ausrüstung die feindlichen Truppen durchs Dorf, nachdem wenige Tage vorher die letzten deutschen Soldaten zu Fuß, müde, geschlagen und abgerissen vorbei gezogen waren.

Wie gut wir es selbst in jenen schweren und furchtgeladenen Tagen noch verstanden, die Feste zu feiern, wie sie fielen, zeigt das Beispiel des 20. April. Es war in den zwölf Jahren seines Regimes der einzige von Hitlers Geburtstagen, der bei uns im Haus gefeiert wurde. Die ganze Nachbarschaft hatte Mutti zu diesem Fest, das mit Erdbeeren und Schlagsahne sehr feudal gegeben wurde, eingeladen und für eine Stunde vergaßen wir fast die Gefahr ständig einschlagender Geschosse und der kreisenden Jabos, d.h. wir vergaßen sie nicht, sondern vielmehr gab sie unserem Fest eine ganz besondere Note von Dankbarkeit und Vertrauen.

Steuernagels

… sie fühlen's wohl: Wir sind hier nur zu Gast,
wir sind dir, Schifflein, nicht gar lang zur Last
und lassen dich bald abermals allein …
(Christian Morgenstern)

Kurz vor Weihnachten 1944 eröffnete uns Vati eines Tages, dass wir die Familie seines Studienfreundes Otto Steuernagel aus Schlesien vorläufig in unser Haus aufnehmen würden: fünf Kinder, Tante Ellen und das Mädchen. Für uns Kinder war das wieder eine Sensation in unserem doch schon einigermaßen abwechslungsreichen Leben. Drei Söhne im Alter von uns Großen, Wesse sollte eine gleichaltrige Kameradin bekommen und dann noch ein Kleinkind!

Es musste ja so sein, wie wenn die Hamburger immer bei uns wären. Unentwegt wurden jetzt die Vorbereitungen für den Familienzuwachs getroffen. Das Vikarszimmer wurde aus- und um geräumt und ins Gastzimmer wurden alle noch vorhandenen Betten geschafft. Eine Küche war vorläufig unnötig, denn die Steuernagels sollten mit uns zusammen essen. So war alles bis zu den Blumen gerichtet und die Erwartung stieg von Tag zu Tag. Doch niemand kam. Es verging eine Woche und noch eine und wir waren immer noch allein. Wir

Kinder fürchteten schon fast, sie kämen gar nicht mehr, da plötzlich weckte uns Margret mitten in der Nacht und erklärte: »Sie sind da!« Ja, sie waren es wirklich: Müde und abgespannt saßen alle im Esszimmer, Danki wickelte gerade die kleine Frauke und seine Gewandtheit wurde von uns Mädchen heftig bewundert. Nach dem ersten Begutachten stiegen wir hoch befriedigt wieder in unsere Betten.

Die ersten Tage beschnüffelten wir uns nur und tauschten unsere Erfahrungen und jugendlich kritischen Urteile aus. Dann kehrte so allmählich das gewohnte Leben zurück, d. h. Tante Ellen und Mutti sorgten fürs Essen und den möglichst reibungslosen Ablauf des Tages, wir Kinder fuhren in die Schule und die beiden Mädchen Anna und Martha wetteiferten darin, sich zu verbrennen, die Treppen hinunter zufallen (die eine aus angeborener Ungeschicklichkeit, die andere wegen ihrer Wackelknie), das Geschirr in seinen letzten Resten vollends zusammen zu schlagen, Überschwemmungen zu liefern und sich gegenseitig anzubrummen bzw. anzukreischen, immer dem Temperament entsprechend. Täglich passierte etwas Unvorhergesehenes und kein Tag verging wie der andere.

Und dann kam die Zeit mit dem verkürzten Schulunterricht und schließlich konnten wir gar nicht mehr zur Schule, weil die Züge ausfielen oder auf der Strecke beschossen wurden. In diesen Tagen war es auch, als wir bei Tante Liesel in Welzheim einen Leiterwagen und etliche wertvolle Gegenstände abholen mussten. Zu viert, Margret, Ortwin, Danki und ich, pilgerten wir los und fuhren dann »ohne Bremse, ohne Licht« in zwei Leiterwagen von Welzheim ins Tal. Unterwegs konnten wir noch die Beschießung eines Sanitätsautos aus nächster Nähe beobachten, kamen aber selbst wohlbehalten zu Hause an. Und dann kamen die Tage und Nächte im Keller, die trotz aller Gefahr und Angst eine ungeheure Komik besaßen. Was war es doch für ein Gaudium, als der alte Herr Meinel Ortwins Decke für einen Fahrplan hielt, von den »internationalen Geschossen« sprach und »das schlechte Hotel« sofort verlassen wollte. Als bald darauf der Krieg zu Ende war, kam die Zeit des Holz holens, des Hamsterns, des Schwarzmarktes, auf den sich vor allem Nothelm recht gut verstand, die Zeit des ständigen Kampfes um jedes noch so kleine Ding. Wie begeistert erzählte es uns Tante Ellen jedes Mal, wenn sie wieder einen Bezugsschein erfochten hatte oder es fertiggebracht hatte, dass der Schuhmacher mal wieder ein Paar Schuhe ohne »Vitamin B« besohlte. Für einen oder zwei Liter Milch liefen wir ohne Weiteres anderthalb Stunden und beim Freibankfleisch ging abwechselnd einer von Steuernagels und eine von uns zum Schlange stehen. Es war eine Zeit mit sehr viel äußerlicher Not, aber auch mit sehr viel Freude und Fröhlichkeit. Die kleinen

Dinge des Alltags lernten wir kennen und schätzen, und Freud und Leid wurde von beiden Familien gemeinsam getragen und war dadurch nur noch halb so schwer. Als im Sommer Onkel Otto aus der Gefangenschaft kam, fing das Leben schon wieder an, in geregelten Bahnen zu laufen. Die Schule begann wieder, Onkel Otto bekam die Direktorenstelle an der Oberschule in Welzheim und nach vielem Kämpfen und Laufen gelang es sogar, unten eine Küche auszubauen und das Vikarszimmer durch eine Wand zu teilen. Auch wir gewöhnten uns mit der Zeit daran, dass unser Haus aus einem Einfamilienhaus zu einem Dreifamilienhaus geworden war.

So verging mit Holz holen, Bezugscheine betteln, Gartenarbeit und Hunger ein weiteres Jahr und im Herbst wurde das Pfarrhaus plötzlich wieder leer und öde, denn Steuernagels zogen nach Gütersloh. Trotz allen Reibereien war es eine schöne Zeit, denn oft spürten wir die Stärke des Grundes, auf dem beide Familien gebaut hatten.

Der Umzug

*… Denn ihr sollt in Freuden ausziehen
und im Frieden geleitet werden …*
(Jesaja 55, 12)

Nachdem Steuernagels weg waren und auch die Vikarsstelle neu zu besetzen war, schickte uns der OKR (Oberkirchenrat = Kirchenleitung) Pfarrer Hermanns. Die waren eigentlich in jeder Beziehung das gerade Gegenteil von uns, sodass es mitunter doch reichlich schwierig war, den Hausfrieden zu erhalten. Damals wurde es uns allen zur unumstößlichen Gewissheit, was wir schon längst gespürt und geahnt hatten, dass Rudersberg in der Gegenwart bereits anfing Vergangenheit zu werden. Eigentlich schon lange bevor die Umzugspläne anfingen, feste Formen zu bekommen, hatten wir uns innerlich langsam aber stetig gelöst von unserem Paradies. So war es im Grunde die Erlösung für uns, als im März 1948 die Aufforderung an Vati herangetragen wurde, sich nach Liebenzell zu melden. Und dann ging es doch wiederum fast zu schnell.

Anne-Kathrin und ich waren nach den Eltern die Ersten, die das neue Land besichtigen durften. Es war tatsächlich das *Land*, das uns nach Liebenzell trieb, denn der Garten musste dringend angelegt werden, falls er in dem Jahr nicht brachliegen sollte. Und Liebenzell gefiel uns wirklich auf den ersten Blick, wenn es auch noch erheblich anders aussah als heute. Zweifellos wog für Liebenzell ganz stark die Tatsache mit, dass es Stadt war, und darauf waren nun nicht nur wir, sondern auch die Einheimischen selbst sehr stolz.

Als wir dann zurückkamen und erfreut von unseren Eindrücken berichteten, da kannte die Begeisterung, die sich in der Arbeit Luft machte, keine Grenzen mehr. Im Grunde war uns damals nichts zu viel, was mit dem Umzug zusammenhing, und bis Anfang Juni war nicht mehr viel Zeit zu verlieren, wenn wir beim Einzug alles in Ordnung haben wollten. Wahrhaftig, das Haus ähnelte bald mehr einem Schlachthaus als einem Wohnplatz von kultivierten Menschen. Mit Schrecken stellten wir fest, dass sich in 14 Jahren doch eine unheimliche Menge Gerümpel angesammelt hatte, das uns unentbehrlich vorkam und das doch im Möbelwagen keinen Platz finden konnte. Mutti war es wohl, die auf die praktische und glorreiche Idee kam, einen Güterwagen mit Holz, Kohlen, Schlitten, Badewannen, dem Stubenklosett, entbehrlichen Schränken etc. vorauszuschicken. Bis zum Bahnhof in Liebenzell ging das ja tatsächlich auch ganz gut; aber wirkliche Marterwege waren die jeweiligen Fuhren mit diesem »Kruscht« (wertloses Allerlei) auf einem offenen Lastauto durch die ganze Stadt. Sicher hat sich mancher Liebenzeller gefragt, welche der vielen Töchter wohl am besten aussehen würde in der Sitzbadewanne oder ob in der Gegend, aus der wir kamen, die ideale Einrichtung eines eingebauten Klosetts sich noch nicht herumgesprochen hätte. Aber auch dieser Leidenstag nahm ein Ende und jetzt wurde die Bahn frei für den eigentlichen Umzug.

Zuerst aber kam noch der Abschied in Rudersberg; und die Rudersberger ließen sich wirklich nicht lumpen. Bald jedes Gemeindeglied erschien noch einmal, brachte Lebensmittel mit, drückte uns allen die Hand und verschwand mit Tränen in den Augen. Auch an tätiger Hilfe fehlte es nicht, obwohl Heuet war und jeder zu Hause dringend benötigt wurde. Und dann kam das offizielle Abschiedsfest in der Ritterburg, nachdem zuvor bei Vatis letzter Predigt die Kirche fast brechend voll gewesen war. Die Überraschungen rissen in dieser Zeit wirklich nicht ab und täglich gingen wir zutiefst beschämt über so viel Liebe ins Bett.

Aber dann brach er endlich an, der 9. Juni 1948. Das Möbelauto kam sehr früh und bei der allseitigen Mithilfe war bis zwölf Uhr alles ausgeräumt. Bleiles hatten es sich nicht nehmen lassen, uns zum Abschied noch mal mit Fasnachtsküchle zu stopfen und Friedel konnte man das Mitfahren unter keinen Umständen mehr ausreden. Als wir endlich gegen halb zwei das

Möbelauto besteigen wollten, stand eine förmliche Menschenmauer an der Straße. Der Gesangverein sang und schluchzte noch das Lied »Im schönsten Wiesengrunde« und dann fuhr das Auto los unter den Klängen von »Muß i denn zum Städtele naus«, das der Posaunenchor blies. Die Rudersberger hatten es wirklich meisterhaft verstanden, uns zum Schluss den Abschied noch schwer zu machen.

Mit Vollgas ging's nun hinein in die neue Heimat. Der Grenzübergang aus der amerikanischen in die französische Besatzungszone, vor dem wir wegen Friedel ziemlich Angst hatten, ging reibungslos vonstatten und in Liebenzell ging das große Einräumen unheimlich schnell. Abends, als wir rechtschaffen müde, aber froh und dankbar noch den ersten Abend im Schwarzwald unter der Eibe und Birke sitzend genossen, kam plötzlich vom unteren Teil des Gartens herauf, uns aus der Seele gesprochen, das Lied »Lobet den Herren!«, vierstimmig vom Liebenzeller Kirchenchor gesungen. Und plötzlich war für uns Liebenzell keine fremde, unbekannte Stadt mehr, sondern auch ein kleines Fleckchen Erde auf dieser schönen Welt.

Die nächsten Tage waren dann fast zu sehr ausgefüllt mit Arbeit, denn schon für den Sonntag drauf war die Investitur angesetzt, bei der es doch schon halbwegs ordentlich aussehen sollte. Wahrscheinlich hätten wir das Pensum aber trotz aller Anstrengung nicht ge-

schafft, wenn nicht im richtigen Moment Tante Mart-
hel, Onkel Jus und Tante Liesel gekommen wären und
uns nicht nur mit Rat und ganz gewaltig auch mit Tat,
sondern noch viel mehr mit ihrer mutmachenden
Fröhlichkeit unterstützt hätten. Am Sonntagabend
endlich sanken wir müde, befriedigt und selig in die
Betten und falteten wohl alle recht dankbar die Hände.

Das Krankenhaus

Herr, schicke, was du willt,
Ein Liebes oder Leides!
Ich bin vergnügt, dass beides
Aus Deinen Händen quillt.
(Eduard Mörike)

Das erste Haus, das wir neben unserem eigenen zunächst mal in- und auswendig in jeder Stellung, liegend, sitzend und stehend, kennen lernen mussten, war das Krankenhaus in Calw. Schon gleich am Tage nach der Investitur fuhren Vati und Mutti dorthin und kamen ziemlich niedergeschlagen zurück. Was Mutti schon während des ganzen Umzugs gespürt, geahnt und gefürchtet hatte, erhielt seine Bestätigung: Mutti musste sich einer Brustoperation unterziehen. Sie hatte noch bis 20. Juni um Galgenfrist gebeten, denn es standen ja die Geburtstage von Margret und mir bevor. Obwohl sich jeder eifrig bemühte, seine Sorgen und Nöte geheim zu halten, wollte doch am 18. Juni keine richtig fröhliche Stimmung mehr aufkommen. Es war uns allen fast undenkbar, wie es nun, so kurz nach dem Einzug, ohne Mutti gehen sollte, und außerdem lag die Frage: »Wie wird die Operation verlaufen?« zentnerschwer auf uns und drückte uns mächtig nieder. Es war ein wehmütiger Sonntag und jeder von uns schluckte ein paar mal, als Mutti am Montag los fuhr. Aber wir sollten keine Zeit haben, uns in unsere Sorge hineinzugraben, denn während Mutti auf dem Operationstisch lag, musste das erste neue Geld auf dem Rathaus abgeholt werden. Während viele Leute an jenem Tag ein gewaltiges Vermögen verloren, hatten wir nicht einmal mehr die Umtauschsumme zusammenkratzen können. Nein, hierbei konnten wir nichts verlieren, dagegen erschien uns das Vermögen, das in Calw lag, doch sehr gefährdet.

Trotzdem war es eine Mehrbelastung, als nun zu der Sorge um Mutti noch das ängstliche Haushalten mit den 240 DM hinzukam, denn niemand wusste, wie lange dieses Geld reichen musste, und wann mit einem neuen Gehalt zu rechnen war. Doch war das die kleinere Sorge und schnell kehrte bei uns die alte Fröhlichkeit zurück, als es Mutti schon nach ein paar Tagen recht ordentlich ging. Als dann noch die Nachricht eintraf, dass das Gewächs gutartig gewesen war und restlos hatte beseitigt werden können, da atmeten wir alle sehr erleichtert auf.

Und nun kamen die täglichen Fußmärsche nach Calw und zurück. Jeden Tag durfte ein anderes Kind Mutti besuchen und nur am Sonntag machten wir uns zu dritt auf die Socken. Einmal hatten wir uns in den für uns noch fremden Wäldern restlos verirrt. Als wir glücklich bei Einbrechen der Dunkelheit die Straße wieder erreichten, fing es gewaltig zu regnen an. Wie erstaunt waren wir, als wir uns zu Hause im Spiegel betrachteten und feststellten, dass es offenbar rote Tinte geregnet hatte, denn wir waren alle rot gefärbt. Aber wir merkten bald, dass die Farbe nicht von außen, sondern von innen her gekommen war, nämlich von der Unterwäsche, die wir ein paar Monate vorher in rote Eierfarbe getaucht hatten, damit sie, von den ewigen Holzaschelaugen allmählich grau geworden, wieder etwas frischer aussähe. Naja, auch unsere Kleider sahen jetzt Ostereiern ähnlich!

Während Muttis Abwesenheit machten wir uns fleißig an die Fußböden, schrubbten und putzten, sammelten Heidel- und Himbeeren, kochten ein und richteten den Garten. Als Mutti dann nach drei Wochen wieder kam, sah es zwar bei uns noch nicht schön, aber immerhin besser aus. Eigentlich war uns nun, nachdem Mutti wieder unter uns war, Liebenzell erst richtig geschenkt, denn wenn sie auch noch ziemlich angegriffen und elend war, war sie doch wieder im Haus und erfüllte es mit ihrer Art. Ich glaube, damals wurde es uns allen deutlich, dass wir Mutti nicht entbehren konnten, und dass sie doch recht eigentlich die Seele des Hauses ist, denn nicht nur Vati, sondern auch wir Kinder spürten, dass uns nicht nur etwas, sondern etwas ganz Entscheidendes gefehlt hatte, während sie weg war: einfach die Mutti!

Auf den Tag genau drei Monate später lag ich in demselben Krankenhaus, demselben Zimmer und demselben Bett mit einer Blinddarmoperation.

Das Kuckucksei

Das Bebrüten des Kuckuckseis
und das Aufziehen des aus ihm geschlüpften Jungen
wird von demselben Vogel besorgt,
in dessen Nest das Ei gelegt wurde.

(Aristoteles)

Im Sommer des Jahres 1950 hielt Herr Roßnagel von
der Sternwarte Wildbad einen Vortrag über Sonnen-
flecken. Da ihn Vati von früher her kannte, ergab es
sich von selbst, dass er anschließend noch ins Pfarrhaus kam. Im Laufe des Gesprächs beschloss dann die
Familie, einmal abends nach Wildbad zu pilgern, um
Mond und Sterne durchs Fernrohr zu betrachten. Im
Oktober nun machten wir uns eines Nachmittags alle
auf: Mutti, Frau von Mengersen, Jobst, Maria, Ebba,
Wesse, ein paar sonstige Bekannte und ich. Wir fuhren
bis Schömberg mit dem Bus und wanderten dann in
den Abend hinein durch tiefen Schwarzwald über
Charlottenhöhe und Höfen nach Wildbad. Bis zur
Sommerbergbahn ging alles glatt, doch dann kam das
große Ereignis, das sich allerdings schon lange ange-
kündigt hatte und uns deshalb nicht vollkommen
überraschend traf: Plötzlich standen in der ziemlich
weit fortgeschrittenen Dämmerung ein großer und ein

kleiner Junge vor uns mit Lodenmantel und Basken-
mütze. Das war die Geburtsstunde von »unserem«
Christian. Er war mit dem Flugzeug über Berlin aus
Aue gekommen und wurde jetzt von seinem Bruder
am Bestimmungsort abgegeben. Er tat recht selbstbe-
wusst, der zwölfjährige Christian, und konnte es doch
nicht recht verbergen, wie prüfend er sich das neue
Nest ansah, in das er nun hineingelegt worden war.
Naja, zunächst fuhren wir alle zusammen auf den
Sommerberg und guckten durchs Fernrohr. Und dann
machten wir uns, nach einem kleinen Imbiss, auf den
Weg Richtung Liebenzell. Je weiter der Weg und je
müder die Beine wurden, desto mehr wurde der
weltgewandte Christian wieder zum zwölfjährigen
Jungen, und als wir schließlich um zwei Uhr nachts zu
Hause ankamen, da war jegliche Maske von ihm abge-
fallen und er sank müde wie ein kleines Kind in sein
Bett und schlief mit völlig verquer liegender Decke bis
tief in den Morgen hinein. So kam unser Kuckucksei
ins Haus.
Inzwischen waren nun drei Jahre vergangen. Er hat
es nicht immer leicht gehabt in dieser Zeit, unser
Christian. Zuerst musste er in der Schule gewaltig
schaffen, um überhaupt aufs Laufende zu kommen;
dann musste er sich wegen seines »Ausländertums«
unter seinen Kameraden kräftig durchsetzen; und
schließlich hatte er mit seinem Namen allerhand

Scherereien und nur zu oft hörten wir, wie die halbe Kinderwelt Liebenzells hinter ihm hersang: » Seh ich mir dieses Rindvieh an, so denk ich an mein Christian«. Und neben all diesen Schwierigkeiten hatte er sicher auch manchmal seine liebe Not, in unserem Haus heimisch zu werden. Er war von zu Hause her Brüder gewohnt, nun hatte er plötzlich nur noch Schwestern; zu Hause war eine Haustochter gewesen, die die Betten machte, das Geschirr spülte, die Treppe putzte etc., nun musste er lernen, dass selbst diese Arbeiten vor seiner männlichen Würde nicht kapitulierten. Und so wird es wohl noch manches gewesen sein, was ihm anfangs befremdend vorkam; aber er hat es fertiggebracht, nicht nur sich an diese äußerlichen Dinge zu gewöhnen, sondern sich in den Geist des Hauses zu fügen und mehr und mehr unser aller Liebe zu gewinnen. Auch unter seinen Kameraden hörte allmählich die Hänselei sowohl wegen des Namens wie wegen der fremden Sprache auf und er fand jetzt doch den einen oder andern Freund. Auf alle Fälle aber hatte er eine Freundin gefunden, und damit zugleich seinem Namen alle Ehre gemacht: Fräulein Schmid kann heute ohne unseren Glöckner nicht mehr läuten – und wir alle wären traurig, wenn unser Jüngster wieder von uns weg ginge.

Hotel »Zum guten Duft«

Man richtet mit einem fröhlichen Herzen doch
am meisten in dieser trübseligen Welt aus.
(Wilhelm Raabe)

Wenn von den »Schwäbischen Pfarrhäusern« der
Ottilie Wildermuth eines auf unser Haus zutrifft, dann
ist es das gastfreie. Schon in Rudersberg standen bei
uns die Tore und Türen jederzeit für Besuche offen.
Wie oft war doch Tante Liesl aus Welzheim da oder
Wellers oder Kißlings oder die Laiblinvettern oder
sonst irgendein Bekannter oder auch Unbekannter.
Aber es war doch nur eine kleine begrenzte Zahl, ein
Vorspiel für das, was nach dem Umzug in Bad Liebenzell erfolgte. Mit Onkel Jussens und Tante Liesel gleich
beim Einzug fing es an und dann riss die Kette der Besuche eigentlich nie ab. Als Margret und ich im August
1948 aus der Sommerfrische in Rudersberg kamen, da
war das Haus bereits im wörtlichsten Sinne bis unters
Dach voll. Auf der Bühne, im Badezimmer, in sämtli-
chen Schlafzimmern, auf allen Sofas, im Gastzimmer,
ja bei Schmids noch schliefen unsere Gäste. Und kaum
war durch die Abreise eins Gastes ein Bett frei geworden, da meldete sich schon der nächste Besuch an oder
er stand unangemeldet plötzlich da. Und was für ein

Talent entwickelte Mutti als Direktrice dieses Hauses: Sie stellte sämtliche Besucher morgens an. Die einen mussten putzen, die andern kochen, die dritten Betten machen, die vierten einkaufen, Holz hacken, Rasen mähen, elektrische Geräte flicken usw. Es war ein emsiges und lustiges Treiben, das jeden Morgen nach dem Frühstück los ging; aber spätestens um elf Uhr war es dann so weit, dass jeder befriedigt meldete: »Befehl ausgeführt!« Und nun konnte jeder tun und treiben, wozu er Lust hatte. Er konnte bummeln gehen, Golf oder Tennis spielen, konnte baden, konnte im Liegestuhl liegen und lesen oder, wenn es ihm Spaß machte, für sich arbeiten. So war für keinen die Last zu groß und niemand musste sich auf einsamem Posten fühlen. Wie viele Werte diese Besuche bargen, können wir alle kaum ermessen. Wir Jungen hatten immer Gesellschaft und Geselligkeit, für die älteren Herrschaften brachte es neben der Entspannung und Erholung viel Anregung und Kraft und für alle miteinander war es eine unversiegliche Quelle der Freude, des Vergnügens und der Liebe, sodass man mit ganz neuem Mut wieder in den Alltag hineinging.

Sicher muss es zugegeben werden, dass auch uns manchmal der Atem ausblieb, wenn wir sonntags friedlich und faul unter uns im Garten saßen und plötzlich ein Auto vor dem Haus hielt und Kißlings oder Wellers oder Tante Milly mit Anhang ausstiegen oder Thomas oder sonstige Bekannte, die nur schnell hereinschauen wollten. Manches liebe Mal versammelten wir uns in der Küche, um heimlich zu schimpfen und unserem vollen Herzen Luft zu machen, wenn wir zum zweiten oder gar dritten Mal Kaffee kochen mussten. Aber auch der gute Vorsatz, jetzt niemandem mehr aufzumachen, war im Nu vergessen, wenn dann schließlich doch der Besuch mit der ganzen Familie gemütlich beisammen saß und die Stimmung wieder langsam zu steigen anfing. Und eh man sich versah, war es Abend geworden und wir richteten gerne sämtliche verfügbaren Betten, um die paar Stunden in ein paar Tage zu verwandeln. An Überraschungen gewöhnte man sich im Hause Laiblin. Wenn plötzlich am Pfingstsamstag Donate mit drei Freunden ankam, dann wurde das mit der gleichen Selbstverständlichkeit hingenommen, wie wenn statt drei Hamburgern sechs kamen oder statt zwei Steuernägeln vier oder statt einer Tante zwei erschienen. An einem Sonntag war es doch mal tatsächlich so, dass sich jeder angemeldete Gast verdoppelte. Es war wohl an Tante Hedes Geburtstag im August. Tante Hede brachte Tante Hilde mit, Bärbel Linde, Margret Paul Gerhard und Ortwin und Nothelm brachten Rolf und Waltraud Eder mit. Als die Gesellschaft auf diese Weise glücklich mündig geworden war, also die Zahl 21 erreicht hatte, läutete das Telefon und Weller Welzheim kündigte sich für die nächste halbe Stunde zu viert an. Aber das war ja nur e i n Tag von so vielen. Jedes Frühjahr überschlugen wir, mit welcher Zahl von Gästen in diesem Sommer wohl zu rechnen wäre, und wir konnten sicher sein, dass die errechnete Summe mindestens verdoppelt, wenn nicht verdreifacht wurde. Es war einfach erstaunlich, wer sich alles bei der Durchfahrt durch Liebenzell plötzlich daran erinnerte, dass ja im Pfarrhaus »Bekannte« von ihm wohnten. Und seltsamerweise ertrugen die Gäste jegliche Behandlung. Sie nahmen es hin, wenn sie kein frisch überzogenes Bett bekamen oder wenn sie Resteessen vorgesetzt kriegten oder wenn sie morgens mithelfen mussten; und zum Abschied versprachen sie, sobald als möglich wiederzukommen, und ich kann mir auch tatsächlich keinen denken, der dieses Versprechen nicht eingelöst hätte.

Allmählich mussten wir uns ganz ernsthaft überlegen, wie wir unser Hotel, denn das war es ohne Zweifel, nennen wollten. Eines Tages wurde uns ganz unverhofft aus dieser Klemme geholfen. Infolge der vielen Besuche war es mitten im Sommer nötig geworden, die Grube hinter dem Haus zu leeren. Nun kann ja diese Arbeit mit dem besten Willen nicht heimlich getan werden, und so mussten wir eben in den sauren Apfel beißen und die würzige Waldluft für einen Tag durch die typische »Landluft« ersetzen. Als das Haus gerade völlig eingetaucht war in den Geruch, der aus der Grube emporstieg, marschierte eine Jugendgruppe am Haus vorbei. Einer aus der Schar markierte den Fremdenführer, stellte sich vor unsrem Haus auf und verkündigte: »Und hier, meine Herrschaften, sehen Sie das ›Hotel zum guten Duft‹!«

In das donnernde Gelächter der Jungen stimmten wir alle fröhlich mit ein, und ich glaube wirklich, es ist der passende Name für unser Haus, denn dass wir bei unseren Gästen in einem guten Geruch oder etwas vornehmer: Duft stehen, das beweist die jährlich steigende Zahl der Besucher. Dabei duftet es bei uns nicht immer nach Jauche, aber es riecht immer, sooft man das Haus betritt, nach Liebe und das ist sicher die beste und gesündeste Luft, die man in dieser Welt einatmen kann.

Eine schöne Kindheit in einer gar nicht schönen Zeit

(Erinnerungen, 2008)

Wir drei »Großen« Margret, Dorothee und Anne-Kathrin (genannt Greter, Dotter, Kätter), kamen in den frühen 30er Jahren in der Zeit, in der mein Vater Stadtpfarrer in Neuenstadt am Kocher war, zur Welt. Das Naziregime hatte sich noch nicht etabliert, aber es gab ständig »Aufmärsche« von HJ und SA. Da diese in der Regel am Sonntagvormittag waren – also zu der Zeit, in der Gottesdienst war –, hat sich mein Vater dagegen zur Wehr gesetzt und war daher schnell verhasst bei den Nazis. Von Sonntag zu Sonntag wurden die Angriffe auf meinen Vater aggressiver, sodass er sich 1934 – zur großen Erleichterung der Kirchenleitung – weg meldete und wir ins Wieslauftal nach Rudersberg umzogen.

Das Pfarrhaus in Rudersberg war nicht nur ein sehr schönes, geräumiges Haus, es lag auch inmitten von Obstgärten und hatte einen riesigen Gemüsegarten mit Gartenhaus, was für uns Kinder wunderbar war. Wir hatten Auslauf nach allen Seiten und der evangelische Kindergarten grenzte direkt an unseren Garten und an das »Waschhäusle«. Gegenüber vom Pfarrhaus war das Mesnershaus, ein Bauernhaus. Daneben wohnte »der Büttel«; damals wurden alle Gemeindeveröffentlichungen noch durch »den Büttel« bekannt gemacht. Der Büttel schellte mit einer Glocke und alle, die sie hörten, öffneten die Fenster und horchten hinaus. Wir, d.h. meine Eltern, hatten ein gutes Verhältnis zur Nachbarschaft – auch zu dem (wohl einzigen!) Kommunisten im Dorf, dem Doderer. Es war also nach den ständigen Angriffen in Neuenstadt eine echte »Erholung« für meine Eltern. Wir lebten uns schnell ein.

Mein Vater hatte eine räumlich »riesige« Gemeinde. Sie reichte von Lindenthal über Schlechtbach – Rudersberg – Oberndorf – Klaffenbach hinauf nach Mannenberg und am Zumhof vorbei zum Waldenstein bis zu einzelnen Gehöften im Schwäbischen Wald, dem Hägerhof. Aber mein Vater war ein leidenschaftlicher Wanderer und so erwanderte er sich seine neue Gemeinde teils mit, teils ohne seine Kinder. Das war für uns Kinder immer herrlich: zur Frau Wurst in Mannenberg oder gar zur Frau Haug in Klaffenbach. Wenn wir dort ankamen, gab's – natürlich – etwas zu essen. Das war alles wunderbar.

Aber noch viel wunderbarer war, dass Vati wieder seinen Humor entdeckte und alle Feiern, die in der Gemeinde anfielen, damit würzte. Er »dichtete« wieder zur großen Freude seiner Gemeinde »Marias Hochzeit«.

Und dann kam noch ein freudiges Ereignis hinzu: Meine Mutter erwartete ihr viertes Kind und beschloss, da wir einen guten, wenn auch nazistisch angehauchten Dorfarzt hatten, dieses Kind daheim zu entbinden. Dass es wieder ein Mädchen war, war für meinen Vater wohl eine kleine Enttäuschung, aber er ließ es sich nicht anmerken und sprach eher stolz von seinem »Vier-Mäderl-Haus«. Bei der Geburt gab's dann noch eine kleine Episode, die in die Familiengeschichte einging: Als der Arzt meine Mutter fragte, ob sie schon wisse, wie das Kind heißen solle, sagte die von Kindesbeinen an treue Herrnhuter Losungsbüchle Lesende: »Erdmuthe, wie die Frau von Zinzendorf«. Daraufhin der Arzt: »Das ist aber schön. Erde und Mut.« – zwei Nazibegriffe. Daraufhin meine Mutter: »Na gut, dann heißt sie eben Ruth« Und so wurde sie dann auch getauft.

Zur Taufe kamen die Hamburger, ein Ereignis fürs ganze Dorf, denn die in Hamburg lebende einzige Schwester meiner Mutter mit ihren vier Kindern und Mann waren – auch für die Nachbarschaft – schon so bekannt, dass sie schon weithin zur Familie gehörten.

Es gab also ein großes Tauffest. Der Zug in die Kirche sah eher wie ein Hochzeitszug als wie eine Taufe aus, Onkel Walter in weißer Stola vorneweg. Auch die Verköstigung der vielen Gäste war kein Problem; schon Tage vorher liefen die Geschenke vom Dorf ein: Mehl, Brot, Eier, Fleisch, Gemüse, Kuchen in allen Variationen – also hungern musste niemand. Das genossen neben uns auch die Hamburger aus vollen Zügen. Und sie blieben auch über die Taufe hinaus da. Das war das Schönste.

Den Sommer 1939 verlebten wir wieder (zum zweiten oder dritten Mal) im Stubaital südlich von Innsbruck. Wesse blieb bei Maria in Oberndorf, unserer treuen Hilfe. Wir waren wie immer im »Armenhaus« einquartiert, eine befreundete Familie im Hotel Serles. Als die Ferien sich dem Ende zuneigten, kaufte meine Mutter noch einmal im örtlichen Laden ein. Da riet ihr die Verkäuferin: »Nehmen Sie noch möglichst viel Kaffee mit.« Und meine Mutter tat es. Mit diesen Vorräten an Kaffee konnte sie bis weit in den zweiten Weltkrieg hinein meinen Vater und den Onkel Walter aus Hamburg glücklich machen, denn wir waren kaum zu Hause, dann brach der zweite Weltkrieg aus. Mein Vater durfte zu Hause bleiben, denn er hatte einen Herzfehler, der immerhin so stark war, dass selbst die Nazis ihn nicht einzogen.

Und dann war Krieg! Im Herbst 1939 hatte Hitler den

Krieg erklärt. Mein Vater, der immer wieder zu Depressionen neigte, litt sehr darunter, vor allem unter der Tatsache, dass er wieder von Deutschland ausging. Etwas Besonderes waren die »Pfarrkränze«. Sie entstanden, weil in der Hitler-Diktatur offizielle Versammlungen (außer von der Partei) verboten waren. Deshalb kamen die Dekanate auf die Idee des Pfarrkranzes. Dabei lud eine Pfarrfamilie aus dem Dekanatsbezirk die anderen Pfarrfamilien ein. Die Männer hatten zuerst ihre Bibelarbeit und erfuhren die amtlichen Neuigkeiten. Für die Familien (Kind und Kegel kamen mit) gab's Kaffee und dann durfte gespielt werden, meist im Garten. Dadurch lernte man sich kennen. Am schönsten war, wenn der Pfarrer von Alfdorf mit seinem »Mäxle« kam. Mäxle war ein Auto, das einzige im Kirchenbezirk Welzheim. Dann bettelten wir immer um eine Fahrt mit dem Mäxle, aber das Mäxle musste zuerst gefüttert werden – mit Schokolade. Etwas anderes akzeptierte Mäxle nicht. Deshalb sparten wir jedes Stückchen Schokolade, das wir geschenkt bekamen, für die Fütterung auf und das Mäxle (Pfarrer Keinath) fraß alles auf; aber dann durften wir durch Rudersberg »fahren«! Das war ein Hochgefühl! In Rudersberg waren die Pfarrkränze wohl bekannt und wir bekamen oft Kuchen oder Kaffee dafür geschenkt. 1939 kamen Greter und ich in die Oberschule nach Schorndorf. Mutti wollte, dass wir in die gleiche

Klasse kämen, weil Greter etwas »verträumt« war. So erhoffte sich Mutti, dass ich das Zugpferd für Greter wäre. Das klappte auch in der Regel ganz ordentlich. Ab der dritten Oberschulklasse hatten wir Latein als Hauptfach beim »Ollo«, der eigentlich Öhler hieß und den Spitznamen Ollo deshalb hatte, weil er fortwährend furzte (olo heißt »ich stinke«). Mathematik gab »der Babba«, ein weit überalterter, aber sehr guter Mathematiker. Unsere Zeugnisse waren in der Regel gerade noch so, dass wir in die nächste Klasse versetzt wurden. Vati versuchte, unsere Lateinkenntnisse zu verbessern durch Nachhilfe, aber meistens endeten die Versuche damit, dass Vati uns entließ mit den Worten: »Oh, ihr elenden Küchenlateiner!« Vati war ein sehr guter Lateiner, aber ein schlechter Lehrer.

Was taten wir neben der Schule? Wir hatten »natürlich« Klavierunterricht. Doch das war eher ein Drama als ein Lustspiel! Unsere Klavierlehrerin wohnte in Oberschlechtbach in der Mühle. Sie gab sich riesige Mühe, aber die Großmutter Wohlfahrt, die eine exzellente Klavierspielerin war – Beethoven, Chopin, Mozart –, hatte ihre Erbmasse an uns nicht weitergegeben. So waren unsere »Vorspiele« ein traurige Vorstellung und Mutti machte irgendwann der Qual ein Ende. Also Schule und Klavierunterricht – aber sonst? Wir, d. h. Greter, Kätter und ich, kamen allmählich in das Alter, in dem man »schwärmt« für irgendeinen männlichen Altersgenossen. Greter fing damit an, für Gerhard, der täglich (von Welzheim aus) im Zug mit uns zur Schule fuhr, zu schwärmen. Ich war ein bisschen zurückgeblieben auf diesem Feld; aber ich musste natürlich »dicht halten«, d. h. ich durfte daheim nichts erzählen. Auch Kätter hatte bereits ihren Freund, Frieder Weller aus Rudersberg.

Dann kamen die Fliegerangriffe auf Heilbronn und Pforzheim, die wir im Garten stehend beobachteten. Das war schaurig-schön: ein flammend roter Himmel mit ständigen Detonationen, aber Gott sei Dank weit weg. Und dann der Angriff auf Stuttgart. Wieder standen wir im Garten, bis dann die Bomben das Remstal herauf fielen; da gab's dann nur noch den Keller. Nach dem Stuttgarter Angriff bekamen wir dann Zwangseinquartierung: Ein älteres Ehepaar mit erwachsener Tochter, sie wurden im ehemaligen Vikarszimmer untergebracht. Später musste Vati auch noch sein Amtszimmer räumen – weil nämlich eines Tages Vatis Studienfreund Steuernagel mit Familie vor dem Haus stand. Steuernagels waren Vater, Mutter, drei Söhne, eine Tochter, ein Baby. Sie kamen aus Schlesien, das bereits von den Polen besetzt war. Jetzt wurde es eng im Pfarrhaus von Rudersberg. Aber Mutti und Steuernagels schafften auch diesen »Großangriff« auf die Idylle in Rudersberg.

Wir hatten ein »Pflichtjahrmädchen«, die Anna, Steuernagels Hausmädchen hieß Martha. Beide »Perlen« schielten. Annas Augen standen direkt neben der Nase, Marthas Augen lagen in den Außenbezirken der Augen. Das gab viel Anlass zu Witzen: Vati sagte z. B.: »Wenn ich Anna ansehe, denke ich, dass *sie* schielt. Wenn ich Martha ansehe, weiß ich, dass *sie* schielt.« Auch für uns Jugendliche, Steuernagel wie Laiblin, waren die schielenden »Stützen« der Hausfrauen eine ständige Gaudi. Steuernagels wurden in den oberen Zimmern untergebracht: die Eltern samt Kleinkind im Gartenzimmer, die Buben im Kinderschlafzimmer. Die zwei »Perlen« im Mädchenzimmer und der Rattenkammer; Wesse und Ute, fast gleichaltrig, im umgeräumten Mahagonizimmer. Wahrscheinlich schliefen auch Greter, Kätter und ich dort.

Gegen Ende des Krieges gab es kein Heizmaterial mehr zu kaufen. Doch wir konnten bei der Gemeinde ein »Wald-Los« kaufen – eine Waldfläche, in der die Waldarbeiter alle großen und mittleren Stämme heraus geholt hatten, aber die kleinen Stämme und Äste liegen ließen, die wir zurechtschlagen, bündeln und dann abtransportieren mussten. Das war Schwerstarbeit für uns »Weiber« und wir waren ordentlich neidisch auf die männlichen Steuernagels, als wir sahen, was die alles mitbrachten.

Gleich 1946 bekam Onkel Otto Steuernagel eine Direktorenstelle im Rheinland und sie zogen aus Rudersberg weg. Dann kamen die nachkriegsbedingten Mangelzeiten, vor allem der Tabak wurde rationiert. Was blieb meinem Vater anderes übrig, als Tabak anzupflanzen? Er war ja ein leidenschaftlicher Pfeifenraucher. Wir pflanzten Tabak an der Grenze zwischen dem Gemüsegarten und »Vatis« Garten. Dort war er unauffällig, dort war die große Thullahecke. Auf der Bühne wurden die Tabakblätter sorgfältig aufgefädelt getrocknet. Dann mussten sie möglichst fein geschnitten werden. Den besten »Feinschnitt« produzierte Tante Mina, die Mutter vom geliebten Onkel Fleck aus Reutlingen. Neben ihr konnte niemand bestehen, auch nicht die Mädchen aus dem Mädchenkreis, die Vati zu dieser Arbeit einspannte. Nach dem Schneiden musste der Tabak fermentiert werden. Das geschah so: Der feingeschnittene Tabak wurde mit Apfelschnitzeln in eine leere Keksdose gepresst, dann musste er erwärmt werden. Dazu benutzte Vati ein elektrisches Heizöfele, das er mit einer von Muttis Felldecken umwickelte. Dadurch entstand ein für die damalige Zeit exzellenter Tabak, den Vati großzügig im Dorf verschenkte. Im ganzen Dorf war bekannt, dass »der Pfarrer« den besten Tabak hatte. Vor allem die Raucher rund ums Pfarrhaus wurden damit versorgt. Die Schwierigkeit beim Fermentieren war, dass der Strom für das Heizöfele nachts immer wieder ausfiel. Eines Nachts passierte es dann: Vati vertat sich in den Einschaltzeiten und plötzlich brannte das Tabakpaket. Kurzentschlossen warf Vati es samt der Decke in den Hof. Am nächsten Morgen war der Büttel, auch ein Raucher, als erster im Pfarrgarten. Als Vati zum Fenster hinaus schaute und den Büttel sah, bekam er einen Riesenschreck; doch der beruhigte ihn sofort, als er sagte: »Herr Pfarrer, i glaub, mr ka na no raucha.« So war es dann auch. Der einzige Verlust war Muttis Felldecke.

Und dann war irgendwann (1945) der Krieg zu Ende, auch in Rudersberg. 1948 meldete sich Vati nach Liebenzell auf die Stadtpfarrstelle. Das Problem war: Rudersberg war amerikanische Zone, Bad Liebenzell war französische Besatzungszone. Das war ein gravierender Unterschied, vor allem für uns Kinder; in Rudersberg war Englisch die erste Fremdsprache, die wir immerhin von der ersten bis zur sechsten/siebten Klasse gelernt hatten. In Bad Liebenzell war seit 1945 die erste Fremdsprache französisch und da fehlten uns nun zwei bis drei Jahre – also die ganzen Grundbegriffe und vor allem die Ausspracheregeln. Greter gab deshalb die Schule bald auf und war zunächst eine treue Stütze für Mutti; dann ging sie zur Krankenpflegeausbildung nach Herrenberg. Kätter versuchte ihr schulisches Glück in Pforzheim. Ich versuchte in Calw französisch zu lernen und hatte Glück. Unser Deutschlehrer war »der Chef«, also der Direktor, dessen Sohn in unserer Klasse war. Er entdeckte bald, dass ich eine unbändige Leseratte war und gab mir viele Tips. Mit seiner Hilfe bestand ich das Abitur – nicht glänzend, aber immerhin. Damit war dann unsre Kinder- und Jugendzeit endgültig zu Ende.

Zwischen den Zeilen passierte natürlich noch viel, aber das habe ich vergessen.

Der Engel

(Märchen)

Es war einmal eine große Stadt, die in einem wunderschönen Tal lag. In dieser Stadt lebten so viele Menschen, dass die Häuser im Tal gar nicht mehr ausreichten und man schon die nächsten und übernächsten Hügel bebauen musste. Und all die vielen Menschen in der großen Stadt arbeiteten und waren gut und böse, wie alle Menschen. Sie hatten so viel zu tun und waren immer so in Eile, dass sie – stellt euch vor! – gar nicht merkten, dass mitten unter ihnen ein Engel lebte. Ja, ein richtiger Engel! Er hatte zwar keine Flügel, denn die musste er im Himmel abgeben, als er auf die Erde ging, aber er hatte noch das gute Herz eines Engels und das ist mehr wert als alle Engelsflügel zusammen.

In der großen Stadt lebten auch ein paar Menschen, es waren vielleicht dreißig oder vierzig, die meinten, sie wären besonders gut, weil sie nämlich schöne Bücher lasen, in denen viel von guten Menschen, vom lieben Gott und auch manchmal von bösen Menschen drin stand. Vielleicht aber waren diese Menschen doch nicht so gut, wie sie glaubten, denn …; aber ich muss erst noch weitererzählen: Weil diese paar Menschen glaubten, dass alle Menschen gut würden, die ihre schönen Bücher läsen, arbeiteten sie immerfort daran, den vielen Menschen in der Stadt viele Bücher zum Lesen zu geben. Das war natürlich eine große Arbeit und manchmal wussten die Menschen wirklich nicht, wie sie mit der großen Aufgabe, die sie sich gesetzt hatten, fertigwerden sollten.

Da geschah es eines Tages, als die paar Leute – wir wollen sie vielleicht jetzt Bücherleute nennen – wieder einmal mehr Arbeit bekamen, dass plötzlich der Engel zu ihnen kam. Er half ihnen sofort bei der Arbeit und er konnte auch alles (ihr wisst ja, dass Engel alles können). Er half zunächst an einer Stelle, wo es gerade am schlimmsten mit der Arbeit war, dann, als dort alles wieder gut ging, half er an einer andern Stelle und so immer weiter. Überall, wohin er kam, freuten sich die Bücherleute, waren dankbar und hatten den Engel gern, weil er ein so gutes Herz hatte und so fest mitarbeitete. Immer, wenn es irgendwo an Bücherleuten fehlte, dann bat man den Engel zu kommen, und er kam auch sofort und gern.

Aber eines Tages vergaßen die Bücherleute, dass ihr Helfer in der Not ein Engel war. Sie *baten* ihn nicht mehr zu kommen, sondern sie *verlangten* es von ihm.

Sie forderten immer mehr Arbeit von ihm und sie vergaßen sogar, sich bei ihm zu bedanken. Kurz, sie behandelten ihn wie einen ganz gewöhnlichen Menschen. Der Engel wurde immer trauriger und eines Tages hielt er es nicht mehr aus und bat den lieben Gott, ihm seine Flügel wiederzugeben. Und weil der liebe Gott gesehen hatte, wie die Menschen mit seinem Engel umgegangen waren, ließ er ihm auch ganz langsam seine Flügel wieder wachsen. Niemand merkte etwas davon, nur der Engel, und eines Tages, als die Flügel groß genug waren, spannte der Engel sie aus und flog davon.

Da fiel es den Bücherleuten wieder ein, dass ja ein Engel bei ihnen gewesen war, und sie waren traurig; aber ich glaube, dass sie doch nicht so gut gewesen waren, wie sie gemeint hatten, denn warum wäre sonst der Engel davon geflogen?

Die Schöpfungsgeschichte

(um 2000)

Es war einmal – lange, lange vor dem Anfang der Erde, vor dem Anfang unseres Sonnensystems, vor dem Anfang aller aller Sternensysteme, vor dem Anfang von allem, was wir sehen, hören, schmecken, fühlen und denken können. Vor allem, was jemals angefangen hat. Vor allem, allem.

Da gab es nur zwei Dinge: Gott und das Chaos.

Gott, das ist eine Kraft, die so unvorstellbar gewaltig ist, dass niemand sie jemals beschreiben konnte und kann. Und diese Kraft begann, das Chaos zu bekämpfen. Das Chaos war auch so unvorstellbar, dass wir erst merkten, wie riesengroß es war, weil Gott begann, es aufzuräumen.

Auch heute noch ist das so: Im Chaos geht alles unter, was darin ist; erst wenn man beginnt, Ordnung zu schaffen, findet man sich wieder zurecht.

Also: ganz, ganz am Anfang sprach Gott in das Chaos hinein: »Es werde Licht!« Nachdem das Licht aus dem

Chaos herausgenommen war, sah Gott die Finsternis; und er rief auch sie heraus.

Nur mit seinem Wort schuf Gott so den Tag und die Nacht. Und das war der erste Tag und die erste Nacht, die es gab.

Aber das Chaos war immer noch riesengroß. Deshalb musste Gott noch weiter aufräumen. Am zweiten Tag nahm er alles, was fest war, aus dem Wasser heraus, und machte Grenzen zwischen das Feste und das Wasser – das war ein besonders anstrengendes Geschäft.

Am dritten Tag konnte Gott nun schon das Trockene – die Erde – vom Wasser – dem Meer – unterscheiden. Und nun begann Gott, die Erde weiter auszubauen.

Jetzt wissen wir, was alles in dem riesigen Chaos war: Licht und Finsternis, Wasser, Berge und Land. Alles war ein furchtbares Durcheinander.

Der dritte Tag dauerte schon sehr lange, denn nun ließ Gott das Gras, die Blumen, Sträucher und Bäume wachsen und Früchte tragen. Vielleicht ging das alles viel schneller als heute, weil nämlich noch etwas ganz Wichtiges fehlte: die Zeit.

Deshalb schuf Gott am vierten Tag alles, was notwendig ist, um die Tage und Nächte, die Monate und Jahre einteilen zu können: Er schuf die Sonne, die den Tag, und den Mond, der die Nacht festlegt. Die Sterne zeigten die Monate und Jahre an. Und die Sonne brachte auch die Wärme auf die Erde.

Nachdem Gott nicht nur das Chaos aufgeräumt hatte, sondern auch die Erde geschaffen und so eingerichtet hatte, dass das Leben beginnen konnte, schuf er am fünften Tag die Tiere fürs Wasser und die Vögel für die Luft und am sechsten Tag die riesige Menge von Tieren, die auf der Erde leben.

Wir Menschen mit unserem kleinen Kopf und mit unserer kleinen Kraft können uns das gar nicht vorstellen, wie Gott das alles gemacht hat: Für jedes Tierlein, das Gott schuf, musste er auch das Futter erschaffen – für die einen waren es Früchte der Sträucher, Blumen und Bäume, für andere waren es andere Tiere, die so zahlreich waren, dass sie »Feinde« brauchten.

Ganz zuletzt schuf Gott den Menschen als das Geschöpf, das in der Ordnung, die ER geschaffen hatte, leben und sie bewahren sollte. Er machte den Menschen deshalb nach seinem eigenen Spiegelbild, ein Gebilde, das so aussieht wie er, das auch so sein soll wie ER.

Als alles fertig war, sah Gott an, was er gemacht hatte, und fand: Es war sehr gut.

Das Abschleppseil

(Parabel[3])

Es war einmal ein wunderschönes festes Seil, das so unglaublich stark war, dass der Seiler, der es gemacht hatte, es an eine Autoreparaturwerkstatt als Abschleppseil verkaufte. Dort tat es jahraus jahrein seine treuen Dienste. Es schleppte alle möglichen Wagen ab: große und kleine, alte und neue, schöne und hässliche – und nie versagte es. Eigentlich war das Seil mit seiner Aufgabe recht zufrieden, denn es konnte fast bei jedem Dienst, den es tat, die Freude und Erleichterung der Menschen sehen, denen es helfen durfte, und das befriedigte das Seil ungeheuer.

Aber eines Tages, als es gerade wieder einmal ein schweres Stück Arbeit an einem Auto, das über die Böschung gefahren war, leisten musste, fing es an, mit seinem Schöpfer zu hadern: »Warum hast du aus mir ausgerechnet ein Abschleppseil gemacht? Es ist solch

---

3 Handschriftlich auf Karton, gebunden, mit einem selbst gebastelten Titelbild.

eine schwere Last, die ich immer ziehen muss. Hättest du in deiner Schöpfermacht nicht auch etwas anderes aus mir machen können? Etwa einen Menschen? Oder ein Auto? Aber ausgerechnet ein Abschleppseil!« Dieses Murren hörte der liebe Gott, und in seiner großen Weisheit beschloss er, dem Abschleppseil seinen Willen zu erfüllen und verwandelte es in ein kleines Menschenkind.

Das Menschenkind wuchs in seiner Mutter heran, und als es geboren wurde, da war's ein Bub. Er verlebte eine sonnige und unbeschwerte Kindheit im Kreis seiner Geschwister, ging zur Schule und kam langsam in das Alter, in dem er sich überlegen musste, welchen Beruf er ergreifen sollte. Der liebe Gott, der den Buben die ganze Zeit nicht aus den Augen verloren hatte, erleichterte ihm die Wahl und gab ihm den Entschluss ins Herz, Pfarrer zu werden. Das Studium ging vorbei und machte Spaß und dann kam das Amt. Auch das befriedigte den Pfarrer eine Weile, aber je älter er wurde und je schwerer das Amt und der Beruf auf ihm lasteten, desto müder und mutloser wurde er. Er sehnte sich danach, einmal wenigstens etwas davon zu sehen, was er tat. Er murrte zwar nicht, jedoch der liebe Gott, der in sein Herz hineinsah, sah auch das Verlangen des Mannes, ja, er hatte von diesem Wunsch schon lange vor dem Menschen gewusst und hatte in seiner unergründlichen Güte auch bereits zu handeln begonnen.

Er hatte dem Menschen nämlich nicht nur eine Familie, sondern auch ein Auto geschenkt. Und dieses Auto benutzte nun der liebe Gott dazu, den Menschen wieder froh zu machen.

Eines Tages, als der Pfarrer einmal wieder in seinem Auto durch das Land fuhr, sah er, wie ein anderes Auto, das offenbar einen Schaden hatte, abgeschleppt werden musste. Er sah, wie das Abschleppseil befestigt wurde und er erkannte, dass ohne das Abschleppseil das kaputte Auto einfach auf der Strecke geblieben wäre. Während er noch beobachtend in seinem Auto saß, ging es ihm plötzlich auf: Gott hatte ihn zum Abschleppseil für Menschen gemacht. Er konnte zwar die Menschen, die auf der Strecke lagen, nicht heilen, er konnte sie nur in die rettende Werkstatt Gottes ziehen. Da wurde er froh, dass Gott ihn dazu bestimmt hatte, ein Abschleppseil zu sein.

Der Christusdorn

(Legende[4])

D amals, am ersten Karfreitag, als unser Herr Jesus Christus zum Tod verurteilt worden war, wurde ein römischer Soldat von seinem Hauptmann weggeschickt mit dem Befehl, ein paar Dornenzweige zu suchen, aus denen man eine Dornenkrone flechten könne. Der Hauptmann hatte gehört, wie Jesus gesagt hatte: »Ich bin ein König.« Deshalb wollte er den Juden zeigen, dass ihr König gekreuzigt werden würde.

Der Soldat ging hinaus vor die Tore Jerusalems und fand am Wegrand schnell, was er brauchte: lange, furchtbar stachlige Dornenzweige. Er schnitt zwei von ihnen ab, brachte sie in das Gerichtsgebäude und legte sie Jesus vor die Füße.

Beim Flechten der Krone hörten die Dornenzweige, was um sie herum geraunt und geflüstert wurde, und merkten, was die Menschen damals nicht erkannt

4 Zum 70. Geburtstag ihres Ehemanns, 2001

hatten: Dies ist der Sohn des Schöpfers. Da fingen sie an zu seufzen und zu jammern und schließlich zu sprechen: »Herr, dein Vater hat uns so gemacht, wie wir sind. Grausame, tödliche Stacheln gab er uns, aber weder Blätter noch Blüten, die unsere Stacheln wenigstens ein bisschen entschärfen könnten. Und so müssen wir dir dein edles Haupt und deine schöne Stirne zerkratzen, dass dein Blut vergossen wird durch unsere Schuld.«

Da blickte sie Jesus mit seinen gütigen Augen an und sagte: »Seid getrost, ihr helft zwar mit, dass meine Schmerzen noch größer werden, aber das ist nicht eure Schuld, sondern die der Menschen, die mich schwach sehen wollen. Und damit ihr wisst, dass mein Vater aus meinem Leiden, meinen Schmerzen und meinem Tod das Beste für seine Schöpfung machen will, werdet ihr in Zukunft nicht mehr darüber klagen müssen, dass ihr so gewalttätig seid. Jeder Tropfen meines Blutes wird euch verwandeln.«

Und es geschah, als Joseph von Arimathäa und Nikodemus den Leichnam Jesu ins Grab trugen, dass am Eingang in die Grabeshöhle die Dornenkrone zu Boden fiel. Die beiden Männer beobachteten das nicht und ließen sie liegen.

Als am Ostermorgen die Frauen zum Grab kamen, um Jesus zu salben und zu ölen, da sahen sie die Dornenkrone liegen, hoben sie auf und nahmen sie

als Andenken mit nach Hause. Im Garten von Betha-
nien, wo Jesus oft mit Martha, Maria und deren Bruder
Lazarus gesessen hatte, legten sie die Dornenkrone ins
Gras. Nicht lange danach sahen sie, dass überall dort,
wo die Krone vom Blut Jesu dunkel geworden war,
grüne, frische Blattbüschelchen und – klein wie Bluts-
tropfen – rote Blüten zwischen den Dornen wuchsen.
Da merkten sie, dass diese schrecklichen Zweige der
Dornenkrone eine Botschaft für sie hatten und ihnen
zeigen wollten:

Das Leben Jesu ist stärker als der Tod.

Seit dieser Zeit bis heute trägt dieser Dornbusch den
Namen
CHRISTUSDORN.

Das Efeupflänzchen

(Parabel)

Es war einmal ein kleines Efeupflänzchen, das wuchs im Wald an einem schattigen und feuchten Platz und gedieh von Woche zu Woche besser. Das Efeupflänzchen war mit sich und der Welt recht zufrieden. Es freute sich über die Sonne, wenn sie schien; und wenn sie hinter den Wolken war, dann freute sich das Efeupflänzchen trotzdem. Es wuchs und dehnte sich aus und lebte nach dem Spruch: »Mein ist die Welt!« Es wuchs über eine Wurzel am Boden und erklärte: »Die Wurzel ist mein.« Es wuchs über einen Stein und schon freute sich das Efeupflänzchen: »Auch der Stein ist mein.« »Mein sind die Gräser, mein ist das Moos und mein ist der Boden. Alles ist mein, worüber meine Blätter sich breiten.« Das Efeupflänzchen war überzeugt davon, dass es sich nur ein bisschen um die Bäume bemühen musste und schon könnte es auch von ihnen sagen: »Mein.« Es gab für das Efeupflänzchen kein größeres Wort als das Wörtchen mein. »Mein ist die Sonne und mein ist der Wind;

mein ist die Erde und mein ist der Wald. Mein ist die Kraft zu wachsen. Mein ist auch die Entscheidung, wohin ich heute oder morgen meine Wurzeln und Blätter schicken will. Mein ist die Welt und ich bin mein!« So ungefähr lautete das Lied, das das Efeupflänzchen jeden Tag sang.

Eines Tages gingen zwei Menschenkinder durch den Wald, Hand in Hand. Sie waren fröhlich und unterhielten sich und als sie ganz in der Nähe des Efeupflänzchens vorbei kamen, hörte dieses, wie das eine Menschenkind zum andern sagte: »Das Schönste ist doch, dass nichts mehr auf der Welt mein ist, sondern alles dein, ja dass ich selbst nicht mehr mein, sondern dein bin.« Als das Efeupflänzchen diesen Satz gehört hatte, musste es furchtbar darüber nachdenken. Es wusste, was Mein-sein ist, und es wusste, dass Mein-sein schön, ja sehr schön ist. Aber was bedeutet: Dein-sein? Wie kann es etwas geben, was schöner als Mein-sein ist, und wie kann man es finden? Tagelang konnte das Efeupflänzchen keine neuen Eroberungen machen, weil es so anstrengend nachdenken musste. Jedoch, dann begann es wieder sein Mein-Lied zu singen, weil es dachte: Wenn ich schon nicht das Dein-Lied singen kann, weil ich nicht weiß, was Dein-sein ist, dann will ich wenigstens von Herzensgrund mich darüber freuen, dass ich weiß, was Mein-sein ist.

So wuchs das Efeupflänzchen munter weiter und

wurde immer größer und schöner. Eines Tages erreichten seine Triebe einen kräftigen, stattlichen Baum. Während das Efeupflänzchen sich noch besann, ob es den Baum umgehen oder ob es an ihm empor ranken und schließlich über ihn das Mein-Lied anstimmen sollte, begann plötzlich der Baum zu sprechen: »Komm herauf zu mir, mein Efeupflänzchen. Ich habe dich schon lange beobachtet und gehört und freue mich nur, wenn du zu mir kommst und mein sein willst.« Da empörte sich das Efeupflänzchen und sagte: »Ich kann niemand anderem gehören als mir. Ich bin mein und das ist schön. Aber ich will zu dir kommen, damit du mein wirst.« Und damit begann das Efeupflänzchen, an dem Stamm hochzuranken und ihn zu umwachsen. Täglich wurde es stolzer, als es so mehr und mehr in die Höhe gelangte. »Ich bin stark. Aus eigener Kraft kann ich alles, was ich mir vorgenommen habe. Mit jedem Zentimeter mehr, den ich wachse, wird ein weiteres Stückchen der Welt mein.«

Das ging so eine ganze Zeit lang gut. Aber eines Nachts passierte es; ein ungeheures Unwetter brach los. Es blitzte und donnerte und der Sturm fegte durch die Wipfel und beugte die kleineren Bäume und auch die großen und starken Bäume schwankten und ächzten und drohten zu brechen. Da wurde es unserem Efeupflänzchen angst und bange in seiner Höhe. Es merkte, wie ihm immer weniger Kraft blieb, sich zu halten. Es rutschte schon langsam tiefer und es wurde immer verzagter mit jedem Windstoß, der an ihm entlang fegte. Schließlich half alles Anklammern nicht mehr, die Kraft in seinen Trieben versagte und mit einem schweren Seufzer ließ es sich fallen. Es fiel tief und tiefer, völlig verzweifelt. Schon sah es den Boden auf sich zukommen und es wusste, dass es am Boden der vernichtenden Kraft des Sturms völlig ausgeliefert sein würde. Da plötzlich wurde es von einem weit unten gewachsenen Ast des Baumes im Abwärtsgleiten aufgehalten. Und es wurde nicht nur aufgehalten, sondern der Ast hielt es auch ganz sicher. Wenn eine Sturmböe es erfassen wollte, legte sich der Ast jedes Mal wie schützend um das Efeupflänzchen, sodass es nicht weiter fiel. Als nach Stunden der Wind sich legte, war das Efeupflänzchen völlig erschöpft. Und da geschah es, dass der Baum wieder zu ihm sprach: »So, mein Efeupflänzchen, weißt du nun, was es heißt, von einem Stärkeren gehalten zu werden? Du musst dich nicht bedanken. Es war schön, dich so zu halten und zu schützen. Aber sag, meinst du nicht auch, dass das Leben für uns beide schöner wird, wenn keines von uns mehr darauf besteht, zu sagen: Du bist mein? Sondern wenn wir beide wissen: Ich bin dein.«

Frei wie die Vögel

(Fabel[5])

Es war einmal ein König, der hatte einen wunderschönen Wald mit Eichen, Buchen, Tannen und Ahorn, mit Birken und Eschen – es war eine Pracht! Allen möglichen Tieren bot er Lebensraum, vor allem aber den Vögeln. Vielerlei Arten flogen hin und her, über Feld und Flur, kreisten hoch am Himmel und ließen sich wieder fallen. Sie nisteten am Boden, im Gebüsch, in den Ästen und Wipfeln der Bäume. Sie begrüßten den Tag mit ihren Liedern, keckerten, kreischten und riefen in unendlicher Vielfalt von früh bis spät, ja selbst in der Nacht war noch das Schlagen der Nachtigallen zu hören, streifte der Uhu schreiend durch die Stämme auf der Suche nach Futter.

Der König glaubte, dass er mithilfe dieses Vogelparadieses zu Ruhm und Ehre in der Welt kommen könnte. Deshalb ärgerte er sich, dass viele seiner Vögel im

---

5 Geschrieben in der Wahlheimat Thüringen 1991–1993; die Fabel greift die Wahrnehmung der Situation in der ehemaligen DDR auf.

Winter in wärmere Länder flogen und oft nicht mehr zurückkamen, dass andere, vor allem die Jungen, häufig in die benachbarten Länder hinüber wechselten und sich dort ansiedelten. Er versuchte, die Vögel in seinem Land zu halten, indem er ihnen bestmögliche Lebensbedingungen schuf: Er richtete Hunderte von Futterstellen ein, er ließ serienmäßig gefertigte Setzkästen zu Tausenden im Wald aufhängen, er heizte sogar im Winter den ganzen Wald – zum großen Kummer der Bäume, die das nicht vertrugen – damit die Zugvögel nicht fortziehen sollten. Aber alle Bemühungen halfen nichts. Als ihm wieder gemeldet wurde, dass ganze Schwärme von Vögeln sich auf die Reise machten, dass wieder ein paar ins Nachbarland abgewandert waren, da wusste der König, dass er jetzt zeigen musste, wie weit seine Macht ging.

Eines Tages kamen des Königs Ingenieure und Bautrupps. Sie zogen zunächst einen dichten Zaun um den ganzen Wald und dann überdeckten sie ihn mit einem engmaschigen Netz. Nachdem auch die letzten Schlupflöcher abgedichtet waren, wurden rund um den Wald Wachen aufgestellt, die dafür zu sorgen hatten, dass nichts und niemand mehr rein oder raus kam. Es gab kein Entkommen mehr, weder am Boden noch in der Luft – wer jetzt im Wald war, musste hierbleiben, tagaus, tagein, sommers und winters, Jahr für Jahr.

Manche der Tiere konnten noch flüchten, bevor die Vernetzung ganz abgedichtet war, andere hatten gar nicht bemerkt, was vor sich ging, weil sie gerade beschäftigt waren und weil es sie auch nicht interessierte, was um sie herum geschah. Wieder andere waren sehr zufrieden, dass das ewige Kommen und Gehen endlich ein Ende hatte, dass für alle jetzt gleiche Lebensbedingungen gegeben waren.

Die Stare, Amseln und Drosseln, die ihr Lied gerne von den höchsten Spitzen der Bäume ins Land schmettern, waren die Ersten, die erschreckt feststellten, dass sie sich dort im Netz verfingen; die Lerchen, die sich singend über den weiten und freien Feldern hoch schraubten, suchten vergeblich nach ihrem Lebensraum; die Spatzen, Finken und viele andere, die sich ständig in Dörfern und Städten, auf Plätzen und Straßen herum trieben, merkten plötzlich, dass das Netz sie daran hinderte, ihre Ausflüge zu unternehmen. Igel, Hasen, Marder und viele andere Tiere verbissen und verfingen sich im Netz, die Füchse versuchten, sich unten durchzugraben – vergeblich, auch im Boden war alles abgedichtet.

Es wurde still im Wald. Die Hasen, Rehe und Wildschweine blieben aus Furcht vor dem Netz oder vor den Warnschüssen der Wächter im Unterholz versteckt, die Vögel waren so stark in ihrem Freiheitsdrang beschnitten, dass ihnen ihr Lied in der Kehle steckenblieb und sie nur noch leise miteinander keckernd oder streitend auf den Ästen saßen. Auch die Nahrungssuche wurde schwieriger. Es machte sich nämlich bald bemerkbar, dass keine Bienen und Falter mehr in den Wald herein fliegen konnten, um Bäume, Büsche und Gräser zu bestäuben – die Früchte blieben aus. Auch als Futter fehlten die Insekten, denn bevor sie sich fertig entwickeln konnten, waren sie schon als Eier, Maden und Larven gefressen – nach kurzer Zeit waren sie ausgerottet. So blieb den Vögeln keine andere Wahl mehr: Sie mussten alle die königlichen Futterplätze aufsuchen und sich auf die dort angebotene Einheitsnahrung umstellen.

Mit den Nistgewohnheiten war es nicht anders. Teils aus Bequemlichkeit, teils aus Materialmangel für den Nestbau zog ein Vogel nach dem anderen in die vorgefertigten Nistkästen ein. Damit war nun der Lebenskampf endgültig ausgeschaltet – doch damit auch die Urkraft, die das Dasein antreibt und ihm Sinn gibt. Die Vögel mussten sich um nichts mehr bemühen: Alle hatten die gleiche Nahrung, alle hatten das gleiche Nest, alle hatten es im Winter gleich warm – der König sorgte für alle. Wenn trotzdem manchmal Unruhen ausbrachen, weil bei einigen Vögeln die Erinnerung an die Zeiten, in denen sie frei und ungebunden fliegen konnten, nicht zur Ruhe kam, dann schickte der König seine Überredungskünstler in den Wald. Sie erzählten, wie gefährlich das Leben außerhalb des Waldes wäre, wie dort jeder für sein Überleben kämpfen müsse und wie gut sie es doch hätten, dass sie hier so geschützt und abgeschirmt, mit allem Notwendigen versorgt, leben könnten. Mit der Zeit und weil sie es ständig hörten, glaubten das die Vögel auch.

Die außerhalb des Königswaldes in Freiheit lebenden Vögel hatten zunächst mit ungläubigem Erstaunen beobachtet, was mit dem Königswald und seinen Bewohnern geschehen war. Sie hatten versucht, die Netzbespannung zu verhindern, holten noch viele ihrer Artgenossen heraus, bevor die letzten Lücken geschlossen waren. Aber als der König auf sie schießen ließ, gaben sie auf und zogen sich zurück. Sie flogen hoch über das Netz und sangen ihren gefangenen Brüdern zu, sie ließen die schönsten Leckerbissen wie Raupen, Schnecken und Würmer durch die Maschen des Netzes fallen. Vor allem Adler, Falken und Spechte versuchten immer wieder, Löcher in das Netz zu hacken. Aber die Macht der Gewehre war zu stark. Je mehr Zeit verstrich, desto deutlicher wurde, dass sich die meisten Vögel und Tiere unter dem Netz mit ihrem eingeengten, aber gesicherten Leben abgefunden hatten. Jede heranwachsende Generation stellte sich ein bisschen mehr auf das geruhsame und geordnete Dasein ein. Es gab nun die Vögel »draußen« und die Vögel »drinnen«, die zwar einander nie ganz vergaßen, aber

»draußen« und »drinnen« herrschten verschiedene Lebensverhältnisse.

Eines Nachts nach vielen, vielen Jahren geschah es: Ein furchtbarer Orkan brach los, entwurzelte Bäume, ließ Häuser zusammenbrechen, zerstörte vieles, was fest gebaut schien. Am nächsten Morgen sahen die Vögel – und sie trauten ihren Augen nicht –, dass der Sturm auch das schon verrostete und brüchig gewordene Netz überm Königswald zerrissen und fort getragen hatte. Die Freude war riesengroß. Es setzte ein Flattern, Piepsen, Trällern, Tirilieren und Singen ein, dass die ganze Luft davon erfüllt war. Von fern und nah kamen die Vögel angeflogen, um das Wunder zu sehen, um denen, die so lange unterm Netz hatten leben müssen, irgendetwas Gutes zu bringen.

Nach dem ersten Freudentaumel, den Dank- und Lobliedern, kehrte der Alltag wieder ein. In riesigen Schwärmen fielen die reisefreudigen, keine Scheu kennenden, immer nur Freiheit gewohnten Vögel von »draußen« in den Königswald ein. Sie setzten sich auf die höchsten Wipfel und sangen, sie hüpften unruhig von Ast zu Ast, pickten an den Futterstellen, was sie finden konnten und was ihnen schmeckte, flogen neugierig zu den Nistkästen, kurz: Sie benahmen sich so selbstverständlich, frei und ungezwungen, wie sie es gewohnt waren. Gerade das aber erschreckte die Königswald-Bewohner bis ins innerste Herz. Auch sie wollten ja gern auf den höchsten Wipfeln sitzen, aber sie hatten es sich abgewöhnt aus Furcht vor dem Netz. Nun saßen die fremden Vögel auf den besten Plätzen, pickten ihr Futter weg, umschwirrten ständig ihre Nistkästen, zeterten und zankten sich bei der Futtersuche. Wie gelähmt saßen die Königswald-Vögel auf den Zweigen dicht beieinander, hüteten ihr Heim und äugten misstrauisch auf das sinnlose Getriebe, die Herumfliegerei und die ewige Geschäftigkeit der Eindringlinge. Die schöne Ruhe, an die man sich so gewöhnt hatte, die Ordnung, der immer gleiche Tagesablauf waren dahin – Unruhe, Chaos, lautes und rücksichtsloses Treiben herrschten. Sie konnten überhaupt nicht begreifen, warum die Vögel von »draußen« so unentwegt sich damit abrackerten, ihre Wunschkost zu finden, ihr spezifisches Nest zu bauen, den richtigen Ast für ein Liedchen zu finden – sie hatten ihre Sonderwünsche längst der Einheitlichkeit und allgemeinen Ordnung geopfert.

Die Tage vergingen, auch im Königswald. An den Futterplätzen gab es nichts mehr zu holen, denn der König hatte den Nachschub gestoppt. Die Jungen wurden flügge, aber niemand kam und hängte neue Nistkästen auf, wie das bisher immer gewesen war. Die Vögel »draußen« und die wenigen, die von »draußen« gekommen und hiergeblieben waren, nutzten jetzt jede Stunde, um ihren Jungen das Fliegen und

Futtersuchen beizubringen. Viele hatten ja eine weite Reise in wärmere Länder vor sich, da musste das Überleben trainiert werden. Die Königswald-Vögel saßen hungernd auf den Zweigen und beobachteten scharf, was da vor sich ging. Alles, was außerhalb ihres Reviers geschah, war für sie aufregend, manchmal auch abstoßend. Was aber innerhalb passierte, erfüllte sie mit Angst und Misstrauen. Sie witterten bei allem Neuen, das sie erlebten, eine Gemeinheit, ein Ausnutzen ihrer Unwissenheit, irgendetwas Negatives. Die jahrelange Propaganda war nicht unwirksam geblieben. Auch das für Vögel so notwendige Fliegen- und Futtersuchen-Lernen war für sie verdächtig.

Aber eines Tages fassten sich ein paar mutige Jungvögel ein Herz und beteiligten sich an den Übungsflügen. Natürlich hatten sie viel nachzuholen, die anderen wurden ja schon viel länger geschult, aber von Tag zu Tag erlebten sie mehr Spaß und Freude daran: Sie waren beschäftigt, sie spürten keinen Hunger mehr, sie fühlten, wie sie frei und freier wurden. Weitere Junge schlossen sich ihnen an und schließlich kamen auch die Altvögel und machten mit. Sie flogen von früh bis spät, dehnten ihre Ausflüge täglich weiter aus, legten die Angst vor den hohen Wipfeln der Bäume ab, entdeckten, wie schön es ist, frei fliegen zu können, solange und wohin man wollte. Auch beim Futter stellten sich die Unterschiede zwischen ihnen wieder ein:

Den einen schmeckten die Raupen und Insekten, die anderen freuten sich über Obst und Beeren, die dritten fielen am liebsten über ein Kornfeld her. Das Seltsame war: Sie merkten gar nicht, dass sie die Vogelfreiheit wieder erlernten. Alles war so leicht und spielerisch, so einfach, denn sie fanden die ihnen angeborenen Begabungen und Eigenarten wieder, die ihnen unter dem Netz abhandengekommen waren. Die Vielfalt kehrte zurück, das Leben wurde wieder bunter, wenn auch mühevoller und anstrengender.

Allmählich wurden die Tage kürzer, die Nächte kühler. Draußen um den Königswald herum fingen die Zugvögel an, sich zu sammeln, um den weiten Flug in den Süden gemeinsam zu unternehmen. Seit Generationen war kein Vogel aus dem Königswald mehr im Winter weggezogen – es war ja immer warm bei ihnen gewesen. Nun aber spürten plötzlich viele den Drang, sich auf den Weg zu machen. Durch die neu gewonnene Freiheit waren ihre Instinkte wieder erwacht – sie mussten einfach mit den anderen mitziehen. Sie mischten sich unter die immer größer werdenden Scharen von Artgenossen, bis es dann eines Tages so weit war: Ein letztes Kreisen über der Heimat und das große Abenteuer, der Flug ins Unbekannte, konnte beginnen.

Die zurückgebliebenen Vögel gingen nun daran, ihr Nest für den Winter herzurichten. Sie dichteten es ab, sammelten fleißig welkes Gras und Laub, pickten jedes Härchen auf, das sie finden konnten, denn sie wussten, dass der Winter eine ernste Lebensgefahr für sie bedeutete. Die Königswald-Vögel schauten auch bei diesem Treiben zunächst nur verwundert zu – für sie hatte der Winter im geheizten Wald seine Schrecken verloren. Als sie immer öfter nachts froren, merkten sie, dass der König offensichtlich den Wald nicht mehr heizen würde. Nun machten sie es schleunigst den anderen Vögeln nach, flogen emsig hin und her auf der Suche nach Material, um ihren Nistkasten zu einem warmen Nest auszubauen. Trotzdem, der Winter wurde sehr hart für die Königswald-Vögel. Oft plagte sie der Hunger, oft die Kälte. Der Lebenskampf, dem sie nun wieder ausgeliefert waren, wurde unerbittlich. Zum Glück hatten sie ihre »Wegweiser« außerhalb des Königswaldes. Diese zeigten ihnen Möglichkeiten, wo und wie man sich aufwärmen konnte: dichtes Aneinanderschmiegen, warme Ställe, undichte Dächer, Gruben im Boden. Sie führten sie in die Gärten der Menschen zu den Futterhäuschen, zu den Flussläufen, an deren Rand der Boden nicht gefroren war, wo auch bei Schnee und Eis noch Würmer oder wenigstens Insekteneier zu finden waren. So durchlitten aber überlebten die Vögel eine Kältewelle nach der anderen. Manchmal sehnten sie sich wohl zurück zu den Zeiten, in denen sie zwar manches vermisst hatten, was ihnen jetzt schon selbstverständlich war, in denen sie aber nie hungern oder frieren mussten.

Als nach wochenlanger Kälte der Wind sich drehte und von Süden blies, die Sonne wieder zu wärmen begann, der Frühling nicht mehr aufzuhalten war, als dann gar die ersten Zugvögel wieder heimkamen, da hatten die fortgezogenen und die daheimgebliebenen Königswald-Vögel erlebt, dass Freiheit nur für einen hohen Preis zu bekommen ist. Aber sie wussten auch, dass sie nun fähig waren, diesen Preis zu bezahlen.

Don Camillo und Peppone

(Buchbesprechung, ca. 1958)

Schon nach den ersten Kapiteln des Buches weiß man, dass man es mit zwei, fast möchte man sagen mit drei Schelmen zu tun hat. Der eine Schelm ist Bürgermeister Peppone, der streng unterscheidet, ob er Don Camillo, seinen Gegenspieler, in dessen Funktion als Priester oder ob er ihn als seinen politischen Gegner verprügelt. Der andere Gauner ist besagter Don Camillo, der es sich nicht verkneifen kann, seinem Beichtkind Peppone, nachdem er ihm Absolution erteilt hat, bei der Buße vor dem Altar einen Fußtritt zu verabreichen. Und schließlich ist der Dritte im Bunde der »Christus vom Hauptaltar«. Auch er zeigt ganz ausgeprägt schelmische Züge. Wenn er zum Beispiel Don Camillo anhält, Peppone vor dem Altar wenigstens nur einen Fußtritt zu geben, oder ihm ein andermal recht gibt, als er bei einer kommunistischen Veranstaltung aus purer Bosheit die ganzen Anwesenden samt Bürgermeister mit Weihwasser besprengt und sie segnet, oder wenn er Don Camillos

Spitzbübereien mit einem verstehenden und verzeihenden Lächeln still billigt, dann muss man doch wohl sagen, dass uns in Christus der dritte Schelm begegnet. Allerdings, er ist wirklich ein göttlicher Schelm, denn er vermag es andererseits auch, da, wo Don Camillo zu sehr Mensch mit Pferdefuß, Schwanz und Hörnern ist, ihn wieder zurechtzubiegen, dass er seine Priesterehre nicht verliert. Er ist es auch, der immer wieder hinter Don Camillos Streichen steht und, wenn dieser zu sehr von seinem Temperament mitgerissen wurde, die verpfuschte Angelegenheit wieder zurechtrückt. Bei ihm steht hinter all seinen Zurechtweisungen, seinen Ratschlägen, seinen Worten und Taten die Liebe, die Liebe zu Don Camillo und die Liebe zu Peppone. Von ihr ist das ganze Buch durchdrungen und sie ist es, die den Christus vom Hauptaltar bei all seiner Schelmerei nie unwürdig oder unheilig erscheinen lässt. Auch und gerade in der Politik, die Don Camillo und Peppone zu äußerlich erbitterten Gegnern macht, spürt man diese Liebe, die sich in einem feindselig-rauen Humor niederschlägt.

Man gewinnt beim Lesen dieses Buches beinahe den Eindruck, als ob die Gegend um Boscaccio, das kleine Fleckchen Erde zwischen Po und Appenin, nicht mehr auf unserem Planeten läge, sondern irgendwo in einer Welt, die noch nichts verspürt hat von der Dämonie des Hasses. Nicht etwa, als ob Don Camillo oder Peppone oder eine der anderen Personen irgendwelche engelhaften Wesenszüge hätten; nein, ganz im Gegenteil, sie sind manchmal in ihrer verschlagenen Pfiffigkeit eher kleine Teufel; und doch strahlt das ganze Buch eine Sorglosigkeit aus, die einen fast neidisch werden lässt. Man glaubt zeitweise, dass Peppone nur aus Versehen ins Lager der Kommunisten geriet und umgekehrt, dass Don Camillos »Heimzahl-Grundsatz« dem Kommunismus Peppones sehr nahe verwandt ist. Wenn Peppone einmal Don Camillo als Abschiedsgruß zuruft: »Auf Wiedersehen in der Hölle!«, dann weiß man, dass die beiden sich auf alle Fälle wiedersehen werden, sei es nun in der Hölle oder im Himmel. Sie sind, wie Peppone einmal treffend bemerkt, »beide (die gleichen) Kerle, nur aus verschiedenen Lagern.«

Ich glaube kaum, dass ein Autor, wenn er ein Buch schreibt, dieses aus moralischen oder anderen Absichten heraus unternimmt. Trotzdem kann man sagen, dass Guareschis Buch uns etwas zu sagen hat. Er zeigt uns einen neuen Weg zur Verständigung zwischen den Menschen und den Völkern. Heute herrscht bei uns die Angst, und oft ist sie das Einzige, was uns wirklich beherrscht. Es ist wohl nicht von ungefähr, dass es bei Don Camillo die Angst ist, die ihn in die Sakristei trieb und ihn Krippenfiguren anmalen hieß. Und dass er bei dieser Beschäftigung wieder Mut bekam, den er dann auch an Peppone, der unter derselben Angst litt, weitergeben konnte, das hat sicher seinen tiefen symbolischen Sinn. Guareschi zeigt, dass hier bei diesem winzigen Christuskind in Peppones Hand oder auch bei dem Christus vom Hauptaltar der Hass, die tiefe Angst und die Feindschaft ihr Ende finden und das neue Gesetz der Liebe, der Verständigung und der Menschlichkeit in Kraft tritt.